Willi Wottreng

Ein Irokese am Genfersee

Zu diesem Buch

Bei einer Hausdurchsuchung findet Staatsanwältin Ursula Haldimann ein fleckiges altes Foto: Ein Indianer, mit Federschmuck auf dem Kopf, sitzt an einem Tisch in einer Schweizer Stube. Er blickt Ursula selbstbewusst entgegen. Wer ist dieser Mann?
Hinter dem Bild verbirgt sich eine unglaubliche Geschichte: Deskaheh, Chief der Irokesen, kommt 1923 nach Europa. Es ist seine letzte Chance, das Land seines Volkes im Norden Amerikas vor der Besetzung der Weißen zu retten. Vom Völkerbund in Genf verspricht er sich Hilfe. Es beginnt eine folgenreiche Reise durch die Schweiz, die Menschen liegen dem charismatischen Chief zu Füßen. Doch sein Appell um Anerkennung wird nicht überall erhört.
Kriminalroman, Politthriller, Reportage und literarische Parabel: die Geschichte des Irokesen Deskaheh.

»Wottreng erzählt aufmerksam, mit teilnehmendem Blick, aber unaufgeregt und ohne etwas dramaturgisch zuzuspitzen. Sein Impetus ist der des Aufklärers: Es geht ihm um Toleranz aus differenzierter Einsicht, nicht aus Gefühlsüberschwang.« *NZZ am Sonntag*

Der Autor

Willi Wottreng, 1948 in Kreuzlingen geboren, ist Journalist und Autor von Romanen und Sachbüchern. Er studierte Geschichte, Philosophie und Politikwissenschaften. Er war führender Aktivist in der 68er-Bewegung, eröffnete eine Buchhandlung und arbeitete zeitweise als Lehrer. Danach wandte er sich dem Journalismus zu und wirkte u. a. als Redakteur der *Weltwoche* und der *NZZ am Sonntag*. Für seine Arbeit erhielt er den Zürcher Journalistenpreis, 2006 wurde er zum Kulturjournalisten des Jahres gewählt. Er engagiert sich für Minderheiten und unterdrückte Völker und ist seit 2014 Geschäftsführer der Radgenossenschaft der Landstrasse, der ältesten bestehenden europäischen Nichtregierungsorganisation, welche die Bevölkerungsgruppe der Jenischen vertritt. Willi Wottreng lebt in Zürich.

Mehr über den Autor und sein Werk auf *www.unionsverlag.com*

Willi Wottreng

Ein Irokese am Genfersee

Eine wahre Geschichte

Unionsverlag

Die Originalausgabe erschien 2018 im Bilgerverlag, Zürich.

Im Internet
Aktuelle Informationen, Dokumente und Materialien
zu Willi Wottreng und diesem Buch
www.unionsverlag.com

Unionsverlag Taschenbuch 896

Neptunstrasse 20, CH-8032 Zürich
Telefon +41 44 283 20 00
mail@unionsverlag.ch

Reihengestaltung: Heinz Unternährer
Umschlagfoto: Fotografie aus dem Familienbesitz Haug,
Privatarchiv Berni Haug (Ausschnitt)
Umschlaggestaltung: Sven Schrape
Satz: Greiner & Reichel, Köln
Druck und Bindung: CPI – Clausen & Bosse, Leck
ISBN 978-3-293-20896-4

Der Unionsverlag wird vom Bundesamt für Kultur mit einem
Verlagsförderungs-Strukturbeitrag für die Jahre 2016–2020 unterstützt.

Auch als E-Book erhältlich

Deskaheh in Zürich: Stehend in der Mitte der Gastgeber Paul E. Haug. Links im Vordergrund Hedwige Barblan, mit ihrem linken Arm Deskaheh im Rücken stützend.

Deskaheh ohne seine
Regalien im Haus
der Familie Haug.

Postkarte von Deskaheh, 1923. Offenbar verwendet zur Sammlung von Geld bei Sympathisierenden in der Schweiz.

Zeitungsausschnitt Journal de Genève mit Todesmeldung von Deskaheh, 1925.

Les derniers hommes rouges

Un campement d'Iroquois près du lac Ontario. – Dans le médaillon : le chef Deskaheh, mort à Rochester (New-York), et qui était venu à Genève il y a deux ans pour défendre les droits des Peaux-Rouges du Canada auprès de la S. D. N.

CASINO MUNICIPAL

Chief Deskaheh und die »Irokesenkommission der Schweizerischen Liga für Eingeborenenschutz« vor dem Palais d'Athénée in Genf, September 1923.

Karte der Five Nations, in der die Tuscarora als sechste Nation erwähnt werden, angefertigt ca. 1730, Kopie aus dem Jahr 1882. Das heutige Gebiet der Six Nations umfasst 10 × 10 Quadratkilometer rund um den Ort Ohsweken, nördlich des Eriesees.

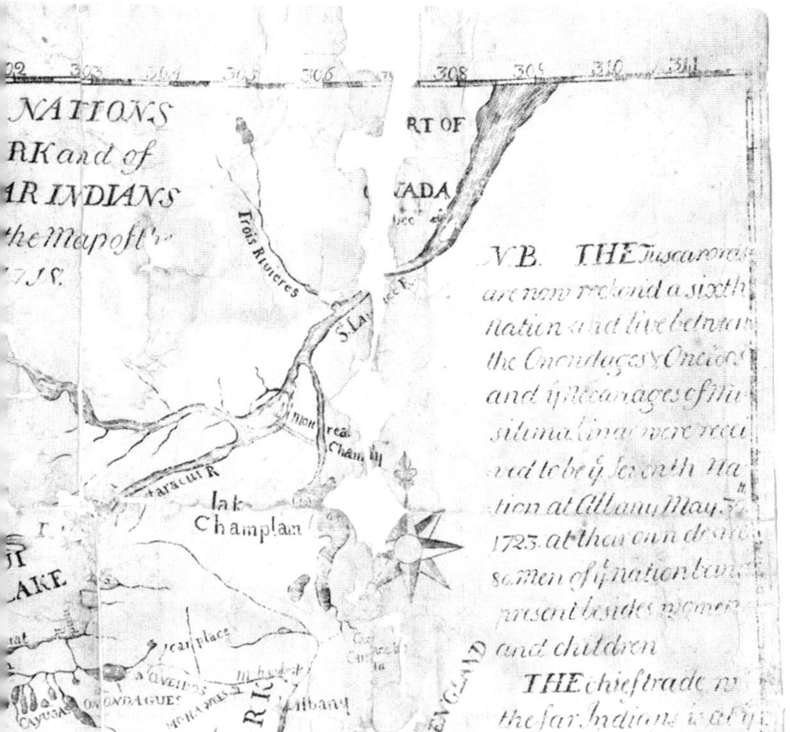
NATIONS
RK and of
AR INDIANS
302
303
304
305
306
308
310
311
RT OF
CANADA
Trois Rivieres
S. Lawrence R.
Montreal
Chambly
Cataracui R
lak Champlain
LAKE
Oneidos
Onondagues
Mohawkes
Cayugas
Countrey of the FIVE NATIONS
NEW YORK
Albany
Hudsons R.
PART OF NEW ENGLAND
New York
long Island
PENSYLVANIA
N.B. THE Tuscaroras are now reckoned a sixth nation and live between the Onondages & Oneidas and ye Mecanages of Misilimalinac were received to be ye Seventh Nation at Albany May 1723 at their own desire 80 men of ye nation being present besides women and children
THE chief trade with the far Indians is at ye Onondages rivers mouth where they must all pass to go towards CANADA.
A Scale of English Miles

TEIL I

I

Ich war Winnetou. Wenn ich als kleines Mädchen mit den Kindern aus den Nachbargärten Wildwest spielte, war ich immer Winnetou. Ich war nie Nscho-tschi, wollte nie Winnetous Schwester sein, das hübsche Heimchen im Röckchen mit den aufgenähten bunten Glasperlen. Auf Seite der Cowboys war ich ohnehin nie. Ich stand auf dem Felsen, der in Wirklichkeit ein schweizerischer Panzerriegel aus Beton war, und hielt die Silberbüchse hoch, meinen Birkenstock. Die Feinde schwiegen, und die Büffelherden senkten respektvoll die Häupter. Dass die Tiere wie Kühe aussahen, kümmerte mich nicht. Einmal habe ich meinen Bruder am Marterpfahl fast erstickt.

Später habe ich an Büchern verschlungen, was ich zum Thema finden konnte. Weniger Karl May, obwohl die geknickten Ecken in meinen grünen Winnetou-Bänden davon zeugen, dass sie gelesen und wiedergelesen worden sind. Aber da gab es in der Schulbibliothek Werke eines Schweizer Schriftstellers, der sich Earnie Hearting nannte. Schmöker, in denen die großen Häuptlinge porträtiert waren. Die fand ich realitätsnäher, sie erregten meine Fantasie stärker, weil mehr Lebenswelt drin war, mehr Alltag und auch mehr Frauen. »Rote Wolke«,

»Sitting Bull«, »Geronimo«, »Rollender Donner«, »Osceola«.

Die Indianerbücher waren die wichtigsten Gepäckstücke in meinem Bildungsrucksack, glaube ich im Rückblick. Später lernte ich, dass man Indigene sagt, politisch korrekt. Oder First Nations. Wollte ich denn politisch korrekt sein? Ich wollte unkorrekt sein, aufrührerisch. Mein Freiheitsdrang und mein Gerechtigkeitsgefühl wurden jedenfalls durch diese Lektüren bestärkt.

Ein Pferd habe ich dennoch nie geritten, das war mir zu mädchenhaft; ich stieg aufs Motorrad. Später kaufte ich eine respektable 750er-BMW. Mein Haar wurde zusammengehalten von einem Stirnband, in dem eine Feder steckte, die im Wind flatterte, damals trug man noch keinen Helm. Ich war Winnetou, der Stadtindianer. Schnell sein. Wild sein. Frei sein. Unüberholbar und damit unbesiegbar. Wir waren durch den Wind, zugegeben. Doch meine Haare blieben hellblond, wurden nicht schwarz gefärbt. Ich war eine Indigene von hier.

Friedrich Dürrenmatt hat uns besungen. Wir hatten ihn besucht, Mitte der Sechzigerjahre muss das gewesen sein. Ich war achtzehn. Wann immer ich mit den Bikerkollegen in der Westschweiz war, statteten wir dem Dichterfürsten in Neuenburg einen Besuch ab. Dürrenmatt war dankbar dafür, dass wir ihm die Welt aus einer anderen Optik schilderten. Er bewirtete uns gastfreundlich. Einmal gab es Wein von meinem Jahrgang, 1947.

Ich war unheimlich stolz, als ich zum ersten Mal las, was er über uns freiheitsdurstige Jugendliche geschrieben hatte in seinem »Monstervortrag über Gerechtigkeit und Recht«. Er sprach von der existenziellen Bedeutung der Freiheit. Später, als angehende Anwältin, habe ich den

Text natürlich wieder hervorgenommen. Es wurde mein Lieblingstext. Was er über das Lebensgefühl der Motorradfahrer schreibt, hängt über meinem Schreibtisch:

»Der moderne Mensch ist der Barbarei seiner Zivilisation verfallen. Er nistet sich in dieser Wildnis ein wie der Urbauer, der sein Stück Land beackert. Er sitzt in seinem Büro oder arbeitet in einer Fabrik. Er verdient sein Brot mit dem, was ihm die Zivilisationswildnis an Erwerbsmöglichkeiten bietet, ohne sie als Ganzes zu verstehen, ja oft ohne seine Tätigkeit in ihrer ganzen Auswirkung zu begreifen. Ihm gegenüber kommt ein Menschenschlag auf, der die zivilisierte Wildnis wie ein Nomade benutzt, der, statt ein Pferd zu reiten, Motorrad fährt. Er lebt nicht in der Zivilisation, sondern durchzieht sie, von Arbeitsplatz zu Arbeitsplatz, von einem abbruchreifen Haus zum andern. Die heutigen Rocker sind die ersten Menschen, die sich von der modernen Zivilisation auf ihre Art wieder befreit haben, die nicht mehr nach ihrem Sinn fragen, denen sie nicht mehr wie ein Gefängnis vorkommt, sondern als Natur.«

Aus dem Wunsch nach Gerechtigkeit hatte ich ja Jura studiert. Doch wurde ich den Rockern untreu, als ich das Motorrad gegen einen Ford Mustang mit Weißwandreifen eintauschte; meinem Praktikum bei einem Anwaltsbüro sei Dank. Nun begriff ich mich mehr als Frau. Der Jugend war ich entwachsen. Geld begann mich zu interessieren. Es zu haben und es auszugeben, machte mich glücklich. Die Nächte waren lang.

Rocker war ich in einem früheren Leben. Aber haften blieb in der einstigen Rockerbraut das Dürrenmatt-Zitat: »Vorreiter einer neuen Zivilisation«. Und die Liebe zu Büchern.

Ich bin eingetreten in den Justizapparat und wurde bald Staatsanwältin: Ursula Haldimann, die Jüngste damals. Ich war stolz darauf. Es kam dann anders, es passierte das Übliche: Heirat, Namenswechsel, Kind, Kind und Beruf, Scheidung. Und: Wiedereinstieg als Staatsanwältin.

Bei einer Hausdurchsuchung wars, dass uns ein Fotoalbum in die Hände fiel. Ein Album und einige Briefe. Für uns ein peinlicher Fall. Verdacht auf Hehlerei im Antiquitätenhandel, der sich dann nicht bestätigte. Klarer Fehlgriff. Vermutlich lag sogar eine Namensverwechslung vor, und wir verdächtigten den Falschen. Doch unsere Leute nahmen bei der Durchsuchung mit, was alt aussah. Sie glaubten, in den Fotoalben Hinweise auf geschützte Kulturgüter zu entdecken.

In einem der Alben fand sich das Bild eines Indigenen, um es politisch korrekt zu sagen. Eines Indianers, wie wir in Wirklichkeit sagten. Es war ein Bild, von dem ich die Augen nicht lassen konnte. Es war nicht eingeklebt, lag locker hinten zwischen zwei Seiten. Das fleckige alte Bild zeigte einen Häuptling im vollen Ornat. Um die Brust trug der Indianer eine Art Schärpe. Das Überraschendste aber war die Szenerie: Der Mann stand nicht vor einem Zelt oder in einer imposanten amerikanischen Landschaft. Er saß in einer gutbürgerlichen Stube auf einem Stühlchen. Der Unterarm war auf eine gestickte weiße Tischdecke gestützt. Um ihn herum saßen und standen Leute, die sehr familiär wirkten.

Gemäß einem Bleistifthinweis war das Foto in Zürich entstanden.

Der Häuptling weckte Erinnerungen an meine Jugendzeit. Wir alle wurden damals vom Indianerfieber geschüttelt.

Mit dem Antiquitätenhändler bin ich ins Gespräch gekommen, netter Mann übrigens, nur arg mitteilungsbedürftig. »Dass die Sachen in Ihre Hände gekommen sind, ist wohl Schicksal. Sie landen immer dort, wo sie hinmüssen«, meinte er.

Er hat auch gesagt: »Deskaheh«, was ich nicht verstand. Er wiederholte es: »Der Mann heißt Des-ka-heh.« Und fügte hinzu: »Irokesen-Chief. Auf Besuch bei meinem Großvater.« Ebender am Fenster stehende Mann sei sein Großvater. Und das Foto sei in seiner Heimatstadt aufgenommen worden, wann genau, sei unklar, er habe da nach dem Ersten Weltkrieg ein Handelshaus aufgebaut. »Behalten Sie das Bild«, sagte er, »wir haben mehrere Abzüge davon. Sie wurden in der Verwandtschaft herumgereicht«, sagte er. »Und behalten Sie meinetwegen auch die Briefe, ich kann ohnehin nichts damit anfangen. Aber Sie vielleicht.« Als ich ihn fragend anschaute, antwortete er: »Finden Sie heraus, was mit ihm geschah.«

Was heißt, »was mit ihm geschah«?

»Nun, sein Leben und sein plötzlicher Tod. Er soll kurz nach seinem Aufenthalt in der Schweiz gestorben sein.«

Fortan stand auf meinem Schreibtisch das Porträt eines Mannes mit einer mir unbekannten Geschichte. Ein Foto zu einem Fall. Denn es wurde ein Fall, mein Privatfall. Vielleicht ging es um eine alternde Staatsanwältin, die etwas über ihre Jugend herausfinden wollte. Der Antiquitätenhändler hatte sogar noch ein paar Zeitungsartikel vorbeigebracht. Ich bin dann selber in die Archive gegangen.

Und ich fand eine Delikatesse.

Gammelrochen – wie komme ich auf Gammelrochen? Ich mag den fermentierten Fisch, den man so lange liegen lässt, bis er genießbar ist. Weil erst Giftstoffe entweichen müssen. Natürlich stinkt er. Er treibt einem die Tränen in die Augen. Du spülst ihn hinunter mit einem Glas Schnaps.

Ich habe ihn in Island kennengelernt. In allen nordischen Ländern, wo Eis und Fisch zur Lebensgrundlage gehören, gibt es, so erzählte mir ein Spitzenkoch, Varianten von Faulfisch. In Europa ebenso wie in Russland oder Kanada. Und eine schwedische Bekannte sagte mir, dass die Leute in den Altersheimen diesen Fisch immer noch genauso liebten wie ihre alten Lieder und Fotos von früher. Das Gegenstück sind unsere geruchfreien und geschmacklosen Tomaten aus dem Treibhaus.

Vielleicht komme ich darauf, weil ich seltsame Geschichten liebe, die so köstlich sind wie Faulfisch.

2

Vor mir liegt ein Zeitungsartikel: »Tribune de Genève«, 3. Juli, vermutlich aus den 1920er-Jahren, das Datum ist angerissen. Auf einem Foto sind zwei Zelte mit dem typischen verschränkten Gestänge zu sehen, im Hintergrund Wald, davor eine von Menschen belebte Szenerie. »Irokesisches Lager am Ontariosee«, lautet die Legende. Daneben das Porträt eines Häuptlings: »Der Chef Deskaheh, gestorben in Rochester (New York), nachdem er aus Genf zurückgekommen war.« Titel über dem Bildbeitrag: »Die letzten Rothäute«.

Noch ein Artikel, genauer: von Schreibmaschine getippt ein Text, der sich als Übersetzung eines Artikels aus dem Englischen entpuppt: »Democrat Chronicle« am 8. Juli (wieder keine Jahreszahl): Es ist der Bericht über ein Begräbnis. Ich lese etwas von Six Nations und stolpere über einen indianischen Ausdruck, der mir so fremd klingt wie Tomahawk. Oder Habakuk. – »Haudenosaunee«. Der Mann sei nach Genf gereist, um vor dem Völkerbund für die Rechte seiner Völker einzustehen, der Hau-De-No-Sau-Nee des Grand River. Who the hell are the Haudenosaunee?

Der Jagdtrieb hat mich gepackt. Ich beginne, mit Lexikon und Telefon zu arbeiten. Und arbeite mich langsam in den Fall hinein. Haudenosaunee bedeutet: Volk, das ein langes Haus baut. Langhaus-Volk. Das sei die Eigenbezeichnung der Irokesen, die einer gemeinsamen Sprachfamilie angehörten und verschiedene Untergruppen bildeten.

Gibt es Akten des Völkerbundes über diesen angeblichen Besuch? Ich wende mich an die UNO. Dort werde ich weitergeleitet an eine Archivabteilung. Eine Dame empfiehlt mir die Universitätsbibliothek Genf. Dort dauert es nicht lange, bis man mir sagt, dass die Archivalien des Völkerbunds keine Materialien zu den genannten indigenen Völkern enthielten. Aus welchem Land die Leute stammten? Ich weiß es nicht, USA oder Kanada. Ich erwähne den Chief und nenne seinen Namen. Sie antwortet, sie werde zurückrufen. Eine halbe Stunde später erhalte ich den Bescheid, dass man eine Registerkarte mit dem Namen Deskaheh gefunden habe. Unter Verweis auf ein Dossier mit der Signatur Ms var 1/15. »Les six Nations Iroquoises. Lettres et pièces diverses concernant leur défense par le Bureau international pour la défense des indigènes 1918–1925.« Ich könne den Bestand nach Voranmeldung jederzeit einsehen.

Endlich eine Jahreszahl. Und die Aussicht auf Akten.

Er hatte sich im Osten Kanadas als Holzfäller durchgeschlagen und war nach einem Unfall Farmer geworden. Damals, als er noch nicht Deskaheh hieß. Sein bürgerlicher Name war Levi General. Ein biblischer Vorname und ein prosaisch-preußisch klingender Familienname. Ein Kleinbauer mit Familie, mit Vieh im Gatter und einem Haufen Hunde und Katzen, mit Tieren, die ihm genug Fleisch und Milch und Unterhalt zum Leben boten.

Nun, vielleicht ist das Bild vom selbstgenügsamen Bauern schon Heldenstilisierung. Wenn er irgendwelche Fehler hatte, wurde über sie nicht mehr berichtet nach seiner großen Reise über den See. Sollte er je einmal Vieh geklaut oder dem Träger eines Cowboyhutes die Faust ins Gesicht geschlagen haben, so ist jetzt davon nicht mehr die Rede. In einem Nachruf wird er als »irokesischer Staatsmann und Patriot« bezeichnet.

Wir sind im Gebiet des Grand River, das ist ein Fluss im Südwesten Ontarios in Kanada. Die Gegend ist mir nicht vertraut, schrittweise lerne ich sie kennen. Reiseveranstalter bieten dort Kanu-Fahrten an.

Levi General war ein Cayuga. Seine Eltern hatten dem Jungen wohl schon bald erklärt: Cayuga heiße in ihrer Sprache »Guyohkohnyoh«, und gemeint sei: »das Volk des großen Sumpfes«. Es gab andere Irokesenvölker rundum: Die Onondaga, »das Volk der Berge«. Die Seneca, »das Volk des großen Hügels«. Die Oneida, »das Volk des aufrechten Steins«. Die Tuscarora, »Träger von Hanfhemden«. Die Mohawk, »Leute des Feuersteins«.

Karl May war einmal in der Gegend gewesen. Bei der einzigen Reise, die er zu den Rothäuten aus Fleisch und Blut unternommen hatte. Die einzige reale Erfahrung. Den Rest hatte er abgeschrieben oder fantasiert, wie es Schriftsteller üblicherweise tun.

Nachdem er die drei Bände seines Winnetou geschrieben hatte, machte sich Karl May im Jahr 1908 auf die Reise. Mit seiner Frau Klara fuhr er mit der »Großen Kurfürst«, einem Dampfschiff der Norddeutschen Lloyd, durch den Hudson nach Albany und reiste von dort per Automobil über holprige Landstraßen und mühsam zu überwindende Berge bis nach Buffalo am Eriesee. Der Schriftsteller stand begeistert vor den Wassermassen der Niagarafälle, wo er eine donnernde Macht spürte. Erschüttert betrachtete der Romantiker später die Armut der Indianergebiete. Ein Foto, aufgenommen im Reservat der Tuscarora, zeigt ihn vor einem Zelt aus Baumrinden, neben ihm steht ein bärtiger Landarbeiter mit Krempenhut und Hosenträgern – ich wusste nicht, dass Indianer Hosenträger trugen. Vor ihnen stehen zwei schmuddelige Kinder und blicken unsicher in die Kamera.

Das Bild zeigt einen Landarbeiter, wie Levi General einer war, der mit seiner Frau Mary vier Mädchen und fünf Knaben aufzog. Vielleicht waren nicht alle von ihm. Eine Frau konnte bei den Six Nations Kinder von mehreren Männern haben, lese ich in einem ethnologischen Werk. Hauptsache, die Partner blieben eine Zeit lang zusammen. Die Frau sei jedenfalls der Mittelpunkt der Familie gewesen. Levi Generals Vater war noch vor der Jahrhundertwende bei einem mysteriösen Unfall ums Leben gekommen, eine Waffe war im Spiel. Hatte sich ein Schuss gelöst? War es ein Schusswechsel mit tödlichem

Ausgang? Es wird nicht berichtet. Der Anlass scheint nicht rühmlich gewesen zu sein.

Man schlug sich durch. Viel Geld brauchte man nicht. Getreide anbauen, Schweine auf die Weide treiben, Kühe melken war ein ehrenwertes Handwerk, das knapp zum Leben reichte. Gelegentlich fuhr er mit dem Kanu hinaus und brachte prächtige Forellen nach Hause. Im Winter war das Überleben schwieriger, die Winter konnten kalt sein.

Dennoch reichte es nicht immer für alles und alle. So suchte auch Levi General wie viele seinesgleichen als Wanderarbeiter nach einem Zusatzverdienst. Manchmal verdingten sich ganze Familien bei der Ernte von Gemüse, Früchten, Tabak. Viele suchten ein Auskommen in den Städten, das war eine Spezialität der indianischen Brüder vom Volk der Mohawk. Sie verkauften dort ihre Muskeln und ihre Begabung, die darin bestand, dass sie ihre Schwindelgefühle unter Kontrolle hatten, wenn sie auf Gerüsten herumkletterten. Und halfen so, Amerikas Hochhäuser hochzuziehen. Die Zeitungen zeigten gerne Fotos von Arbeitern, die hoch über dem Canyon der Stadt auf einem Stahlträger hocken und ihr Pausenbrot verzehren, während unten die Automobile dahinkriechen.

Alles war schwierig, selbst die Heimat zu verlassen. Wenn einer wie Levi General in den Süden wollte, brauchte er Papiere. Denn nahe dem Kerngebiet, in dem die Haudenosaunee siedelten, verlief eine Grenze. Den Norden rechneten die Weißen zum staatlichen Gebilde Kanadas, den Süden zur Konföderation der Staaten von Amerika; die Haudenosaunee-Langhaus-Völker betrachteten sich als von beiden Staaten unabhängig. Zählten sie auch nur rund fünftausend Menschen – ein Vogelschwarm am Himmel des großen Geistes –, so bildeten sie doch ihre eigene Völkergemeinschaft, die Mohawk, Oneida, Seneca, Cayuga, Onondaga und Tuscarora. Sie lebten auf einem grünen Teppich beidseits des Flusses Grand River, rund zehn Kilometer im Quadrat, und hatten sich verschworen in einem Bund, den sie Great League of Peace nannten. Große Friedensgemeinschaft. Den Staatsgebilden der Weißen stellten sie die Konföderation der Six Nations entgegen.

Dauernd entzündeten sich Konflikte an den Rändern. Die weißgesichtigen Nachbarn waren nicht das Problem. Darunter fanden sich gute und weniger gute, wie unter den eigenen Leuten auch. Es gab in der Nachbarschaft christlich gesinnte gute Frauen und böse methodistische Priester. Es gab gute Militärs im Ruhestand, die einst Seite an Seite mit den Indianern gegen andere Weiße gekämpft hatten, und es gab schlechte Händler und üble Bodenspekulanten. Das Problem waren die Behörden. Oft standen Grenzer an den Wegen, die hinüberführten ins US-Staatsterritorium, sie wiesen einfache Leute wie Levi General zurück. Einen amerikanischen Pass hatte einer wie er nicht, einen kanadischen Pass wollte er nicht und erhielt ihn auch nicht. Und einen Pass der Haudenosaunee erkannten die beiden Nachbarstaaten nicht an. Oft musste man mitten auf einer Brücke umkehren. Mithilfe eines Kanus gelangte man manchmal doch ans Ziel.

Der Kleinbauer Levi General und mit ihm viele andere sagten: »Wir sind keine Kanadier. Wir sind allein der britischen Krone unterstellt. Kanada ist später gekommen.« Das war Juristenfutter. Kanada erkannten sie nicht an. Aber vor Kanadas Mutterland Großbritannien hatten sie Respekt. Und dann erzählte Levi General gern die Geschichte vom Irokesen-Chief Joseph Brant, der das heimatliche Land am Grand River als Anerkennung für die Verdienste seines Volkes in den Kriegen Großbritanniens gegen die amerikanischen Sezessionisten erhalten hatte. Von der britischen Krone. Von der Königin. Als Leihgabe. Die Irokesen waren freiwillig hierhergezogen. Das war kein Reservat. Das war ihr Land. Und Levi General fügte an: »Die Six Nations sind nie von einer europäischen Armee besiegt worden!«

3

Ich vertiefte mich in die Akten. Ich studierte die Geografie der Gegend. Ich las mich in die Geschichte ein, hatte mehrere Bücher auf dem Nachttisch. Ich kannte mittlerweile einige Bräuche der Irokesen, obwohl ich manches nicht verstand. Die Rituale blieben mir bei aller Liebe fremd. Dennoch gewann ich mit der Zeit ein Bild.

So konnte ich mir vorstellen, wie ein Bürokrat im kanadischen Innenministerium zu toben pflegte. Duncan Campbell Scott, stellvertretender Superintendent für indianische Angelegenheiten. Da sein Vorgesetzter der Innenminister war und da der Vorgesetzte anderes zu tun hatte, war der Stellvertreter der starke Mann im Indianerbüro.

Der schmal gebaute, dünnlippige Beamte mit dem Kurzhaarschnitt im Geist britischer Zucht und Ordnung hatte ständig Grund zur Empörung. Wenn etwa wieder eines dieser Individuen vom Grand-River-Land verhaftet werden musste, weil es sich der Obrigkeit widersetzte und behauptete, Kanada habe ihm nichts zu befehlen.

»Schnaps trinken können sie. Schnaps brennen auch. Und Holz stehlen. Aber etwas Anständiges anstellen, nein. Nichts bringen sie zustande. Es ist ein armseliges Reservat. Sie aber reden von einem eigenen Staat, einer Grand Nation! Grand-River-Land. Schwindelfrei sind sie, klettern auf den Drahtseilen der Eisenbahnbrücke bei den Niagarafällen herum, ja am Rand des Abgrunds ist ihnen wohl.«

Eine Grand Nation – bei einer Bevölkerung von fünftausend Seelen! Kanada zählte tausendmal mehr. Kanadas Bevölkerung wurde in Millionen gezählt.

»Sie stehen am Abgrund der Historie. Sie vergeben Chieftitel, als handle es sich um eine Erbangelegenheit, völlig antiquiert: Der Feudalismus gehört auf den Müll der Geschichte. Ein Stammeswirrwarr mit Clans und Lineages und Moieties. Alles bestenfalls Folklore. Die ganzen Rollenträger, Schicksals- und Feuerhüter, die Clanmütter. Alles Brimborium. Alle sind sie Individuen. Und alle Individuen sind gleich. Das ist die Lehre der Französischen Revolution.«

»Wir Kanadier sind für den Fortschritt. Wir sind für die Demokratie. Alle Menschen sind gleich, wie gesagt. Auch bei den Indianern. Aber die dort verstehen sich als etwas Besseres. Immer beanspruchen sie Sonderrechte. Und immer gibt es Humanisten, die ihnen Unterstützung gewähren. Sogar die englischen Suffragetten interessieren sich für Indianerrechte.«

»Gewiss, es war falsch, die Indianer auszurotten, wie einige Farmer und Militärs es sich aufs Panier geschrieben hatten. Leute, die bei der Büffeljagd immer auch ein wenig nach rechts und links zielten. Aber es ist nicht falsch, aus den Rothäuten etwas Rechtes machen zu wollen. Es braucht Bildung, Bürgergleichheit und Kapitalismus.«

Duncan Campbell Scott hatte wohl zu viele Enttäuschungen erlebt, um den Indigenen zu glauben, wenn sie in großen Worten über die großen Werte sprachen, die ihnen von ihren großen Propheten überliefert worden waren. Am Schluss waren sie einfach nur Kinder, die Neinneinnein sagten.

»Selbst Befehlen von militärischem Rang wollen sie nicht gehorchen. Wie hatten sie protestiert, als es um die Einberufung in die Armee ging? Kanada war willens, im Großen Krieg auf europäischem Boden – das war nun wirklich etwas Großes, das außerordentlichen Einsatz verlangte – an der Seite Großbritanniens gegen die Truppen des deutschen Kaisers zu kämpfen. Doch die Indianer waren wieder einmal dagegen, waren dagegen, von der kanadischen Regierung einberufen zu werden. Immer argumentierten sie mit alten Rechten. Nur ein Kriegsrat von speziell ausgewählten Chiefs könne sie in die Schlacht schicken. Und als die Regierung Kanadas angeboten hatte, zwei Kompanien nur mit Männern der Six Nations auszurüsten, hatten sie ebenfalls den Kopf geschüttelt.«

Duncan Campbell Scott, der Zuständige für indianische Angelegenheiten, empfing 1915 eine Delegation der Haudenosaunee, zu der auch der Bauer Levi General gehörte. Und dieser trat besonders frech auf. »Stimmzettel gebt ihr uns nicht, aber ihr wollt, dass wir für euch die Gewehre ergreifen. Was ist das für eine Vernunft?«, hatte er gefragt, und die Rothaut hatte gar nicht erst auf eine Antwort gewartet: »Behaltet beides, das ist konsequent.«

Nichts verstanden diese Kinder Gottes von der großen

Idee, aus der Kanada geboren war, der Idee der Freiheit. Die nun in Europa bedroht war. Zu Recht hatte ein Gesetz schon 1876 – als der berühmte Indian Act beschlossen wurde – die Indianer zu Schutzbefohlenen des Staates erklärt. Daraus zog die Indianerbehörde des kanadischen Staates, der Scott vorstand, ihre Legitimität. Sie hatte die indianischen Selbstverwaltungsbehörden zu leiten und zu überwachen. Sie hatte indianisches Stammesvermögen zu verwalten. Sie hatte die Schaffung von indianischen Organisationen zu bewilligen. Die Gleichheit der Menschen ist nicht gegeben, sie muss errungen werden. Das freie Staatswesen ist Ergebnis einer gemeinsamen Anstrengung, sie ist kein Selbstbedienungsbuffet.

Scott öffnete das Fenster, nachdem die indianische Delegation den Raum verlassen hatte. Er brauchte frische Luft. Und er deklamierte ein Gedicht:

> Und du, o Kraft, die du die Nation geschaffen hast,
> gib Weisheit inmitten unserer Begeisterung.
> Wir sind so frei, dass wir vergessen,
> dass Freiheit die tiefste Verpflichtung bringt.
> Wie aus Blut und Feuer das Reich erschaffen worden ist,
> kann es auch zerschlagen werden in Leidenschaft und Zorn.

Der Verfasser dieser pathetischen Verse hieß – Duncan Campbell Scott.

Ich habe in unserer lokalen Bibliothek einen Gedichtband des Schriftstellers gefunden.

Scott sah hinaus. Vor ihm lag Ottawa, die Hauptstadt von seinem Kanada, das formell noch als Dominion unter britischer Oberhoheit stand, inzwischen aber schon fast so groß wie ein richtiger Staat geworden war. Ein frisch geschlüpfter Jungvogel, der zu einem prächtigen Adler heranwuchs. Ein Ahornzweig, der zu einem mächtigen Stamm wurde. Und er war stolz bei dem Gedanken, dass er einer sich selbst verwaltenden Regierung angehörte. Seine Freunde bastelten schon an einer eigenen Fahne. Ottawa würde einmal Hauptstadt eines vollwertigen Staates sein. Eine wirtschaftsgetriebene City war sie seit der Gründung. Ottawa war der Name des dort angesiedelten indianischen Händlervolks gewesen. Andere Händler waren gekommen. Draußen röhrte, rasselte und trompetete eine neue Zeit: Motordroschken und Pferdekutschen beherrschten den Market, das Geschäftszentrum. Er blickte hinüber auf einen frisch erstellten Block aus rotem Backstein, der ein Magazin mit Waren aller Art beherbergte. Der Fortschritt war unaufhaltsam.

Wie frisch der Duft der Straße war. Und wie frisch selbst das Benzin roch.

Scott rief seinen Sekretär. Er blickte ihn an, die obere Lippe leicht hochgezogen. Es war Zeit, die Schraube anzuziehen. Kühl war sein Blick, routiniert wie der Blick eines Kellners, der einem Gast ohne Wimpernzucken ein Wespennest serviert. Die Rothäute nahmen sich alle Freiheiten heraus. Sie fischten ohne Erlaubnis. Sie jagten ohne Bewilligung, obwohl der Oberste Gerichtshof soeben statuiert hatte, dass der Staat die Aufgabe habe, das Wildtierleben zu schützen, und Fischfang und Jagd beschränken durfte. »Lassen Sie die Geräte der Rothäute, die mit Netzen fischen, konsequent beschlagnahmen, ohne Rücksicht auf die Einreden«, befahl er dem Sekretär. »Und erstatten Sie mir darüber regelmäßig Bericht.«

»Übrigens«, rief Scott dem Sekretär nach, »erinnern Sie in einem Memorandum alle unsere Agenten daran, dass das Departement für indianische Angelegenheiten die traditionellen Tänze schon vor zwei Jahren verboten hat.«

Scott schaute auf das Pult, auf dem ein Visitenkärtchen lag, das der letzte Besucher zurückgelassen hatte. Der Vorsitzende der Six-Nations-Delegation hatte in seiner Rede eine formelle Einladung ausgesprochen zum jährlichen Fest der Indigenen und von Tanz und Gesang gesprochen. Der Stellvertretende Superintendent werde willkommen sein und gut bewirtet werden. Dazu hatte er sein Kärtchen überreicht: »Asa R. Hill, Sekretär des Rats der Six Nations.« Scott lachte. Wieder dieses Brimborium. Jede dieser Rothäute trat auf, als sei er der Prince of Wales. »Lauter Häuptlinge und keine Indianer.«

Im bockigen grüngrauen Ford-T-Kastenwagen von Asa R. Hill fuhr derweil die Delegation über die Landstraßen mehrere Hundert Meilen zurück, zu dritt auf die vordere Sitzbank geklemmt. Im Laderaum führte der Besitzer üblicherweise Schrott oder Autoreifen mit. Diesmal diente er als Schlafraum. Die Delegationsmitglieder waren nicht beeindruckt von den Dörfern, durch die sie kamen. Vor den wenigen Werkstätten, Unterkünften und Bars hatte man Fassaden angebracht, die anmaßend in die Luft ragten, bunt bemalt mit Reklameaufschriften, hinter denen sich nicht mehr verbarg als eine einfache Holzhütte. Protzen war das Prinzip dieser Zuwanderer.

»Wir müssen unabhängig bleiben«, sagte Asa R. Hill, der am Steuer saß, »die kanadischen Behörden dürfen auf unserem Territorium keine Männer rekrutieren.« Die beiden Mitfahrer nickten. »Obwohl die Königin schon recht hat, wenn sie die Leute bekämpft, die die schlechte

Sprache sprechen.« Die Königin, das war einfach ihr Ausdruck für die britische Regierung. Wieder war ihm Zustimmung gewiss. Sie hatten schon hundertmal darüber gesprochen, dass es richtig war, die Deutschen zu bekämpfen, die in ihrer Propaganda die britische Krone schlechtmachten. Darum gab es ja auch Freiwillige in den Reihen der Six Nations, die über den Ozean fuhren und in den Sümpfen herumstapften, in einer Gegend, die Flandern hieß. Die sich dem schnell schießenden Gewehr entgegenstellten. Die schlechte Luft atmeten, wie die Irokesen das Giftgas nannten.

Hill stoppte bei einem Unfallwagen, der verlassen im Straßengraben lag. Er schraubte zwei Lampen ab, die er brauchen konnte.

Bis zum Wochenende wollten sie zurück sein in ihrem Grand-River-Land. Am Sonntag fanden die traditionellen Sportveranstaltungen statt. Da wollte auch Levi General anwesend sein und die Mannschaften anfeuern, auch wenn er selber zu alt war, um mit Schläger und Ball auf dem Feld herumzurennen. Lacrosse hieß ihr Spiel, es festigte sie in ihrer Einheit, obwohl es jetzt auch Weiße immer häufiger spielten.

Schlechte Nachricht zu Hause: Der erste Soldat aus dem Grand-River-Land sei bei einer Schlacht in Europa umgekommen. Leutnant Cameron Brant, ausgerechnet er, Nachfahre des legendären Pioniers und Gründers Joseph Brant, der den Irokesen zu ihrem Land verholfen hatte. Er war in Belgien in der Nähe der Stadt Ypern getötet worden, als er mit seinem Platoon einen Erkundungsauftrag durchführen sollte. Ein ausgezeichneter Scout war er gewesen, Deskaheh hatte von ihm gehört. Viele aus ihren Reihen waren gute Scouts, das mussten sie sein auf der

Jagd. Oder gute Läufer. Aber auch der Olympiasportler Tom Longboat, der in Flandern als Meldeläufer im Einsatz war, entkam den Schrapnells nicht und wurde verwundet.

Levi General sehnte sich nicht nach Krieg. Ohnehin war er für den Militärdienst zu alt, er war schon über vierzig.

Wie immer waren dann alle da, die das Lacrosse-Spiel liebten: Zuschauer aus dem Reservat, die ihre sportliche Verwandtschaft anfeuern wollten. Weiße Männer aus der Umgebung, die etwas erleben wollten. Eine Reporterin des »Herald« und der Agent der Mounted Police, der das Reservat zu kontrollieren hatte. Der Sekretär des einheimischen Indianerrates begrüßte Oberst Fraser, einen Tabakfarmer aus der Umgebung und guten Freund der Six Nations. Der altgediente Soldat war mit zwei Freimaurerkollegen hier, denen er die Traditionen der Leute zeigen wollte, die sie Wilde nannten.

Eine indigene Brass-Band intonierte »God Save the King«.

Etwas enttäuscht waren die Freimaurer-Herren schon, die ihre besten Anzüge aus dem Schrank genommen hatten. Alles war recht gewöhnlich bei diesen Indianern. Es gab nicht die Tipis, die sie erwartet und die Karl May noch gesehen hatte. Die Modernität hatte Einzug gehalten im Reservat. Die Frauen waren, wie die Frauen aus der Stadt, in modische gemusterte Textilien gekleidet und nicht in Hirschleder, und die Männer trugen Overalls und keinen Lendenschurz.

Plötzlich sah Levi General, wie ein Mann umherwuselnde Kinder zurechtwies. Der Methodistenpfarrer packte eines von ihnen an der Schulter. Es sei heute nicht der Tag, um sich so ungezogen zu benehmen, rief er vernehmlich, eine Hand erhoben. Heute sei der Tag des Herrn. Als sich Erwachsene auf die Seite der Kinder stellten, schrie der Pfarrer sie an: »Die Heiden missachten die Würde des Tags des Herrn.«

Die Reporterin schrieb mit. Lärm im Indianerreservat, das fand immer die Zustimmung der Redaktion.

Deskaheh sagte mit betont ruhiger Stimme zum Pfarrer: »Sehen Sie sich genau um. Wenn Sie hier einen Heiden finden, berichten Sie es mir. Hier sind nur Gläubige.« Dann fügte er dazu: »Nur glauben sie nicht an den Herrn am Kreuz.«

Und schließlich mischte sich der Agent der Polizei ein. »Wir haben Anweisung aus Ottawa, die indianischen Exzesse einzudämmen. Sie wissen, dass hier Flaschen zirkulieren. Sie wissen, dass hier Whisky verkauft wird.«

Levi General wandte sich ab, um nicht zuschlagen zu müssen: Seiner Frau sagte er: »Man muss den Nebel auswaschen, der ihre Augen trübt.« – Sie antwortete: »Aber den Whisky-Verkauf sollte unser Rat unterbinden. Ich frage mich …« Levi General nickte.

4

Beamte aus der Umgebung sahen eine Whiskywolke über dem Land. Regelmäßig gab es Gerüchte über illegale Destillerien im Indianergebiet. Regelmäßig ergingen polizeiliche Vorladungen. Regelmäßig drang Polizei ins Gelände vor. Regelmäßig kam es auch zu Gewaltanwendung, weil irgendein Verdächtiger sich der Verhaftung widersetzte.

Als Untersuchungsrichterin würde ich sagen, die Vorladungen hatten ihren Grund. Offenbar wurden früher Stammesgesellschaften durch Traditionen, Familienbande und Mythen strenger zusammengehalten als zu Beginn des 20. Jahrhunderts, wo die Moderne auch die Siedler am Grand-River-Land erreichte. Die Moderne, das waren der Zerfall der Stammesbindungen und Individualismus. Die Moderne, das war die Atomisierung des einstigen Kollektivs. Und König Alkohol, wie Jack London geschrieben hatte.

Der kanadische Staat versuchte, durch Prohibition des Alkohols Herr zu werden. Prohibition, das alte Übel. Natürlich kann man sagen, dass die Gesetze falsch waren. Aber auf der Basis der Gesetze waren die Vorladungen richtig. Auf manchen Höfen wurde Schnaps gebrannt wie seinerzeit auf den Bauernhöfen hierzulande die grüne Fee, wie der Absinth genannt wurde, der die Gesichter grün färbte. Vor allem Whisky-Brennöfen wuchsen in den Kellern und Hinterhöfen wie Pilze aus dem Boden. Und wie bei Pilzen war gelegentlich reines Gift, was da entstand. Was als Erstes aus der kupfernen Brennblase tropfte, war ja Methanol, das zur Erblindung und gar zum Tod führen konnte.

Mit Levi General hatte all das ursprünglich nichts zu tun, das sehe ich auch.

Levi General war offenbar ein strikter Gegner jedweden Alkoholkonsums. Einer von denen, die an die Traditionen glaubten und sie wiederbeleben wollten. Er trank Ahornsirup und Milch. Das giftige Getränk reize die Jäger, meinte er. Sie seien, wenn sie chronisch benebelt durch die Landschaft streiften, nicht mehr länger geleitet vom Wunsch, Fleisch und Kleider für die Familien zu beschaffen. Sondern sie würden jagen, um durch den Verkauf der Häute zu Geld zu kommen. Mit welchem sie wiederum dieses Getränk kauften. Und die Körper der Beutetiere ließen sie oft liegen und verfaulen.

Darum befürwortete Levi General, dass die Schnapsöfen und -keller ausgehoben wurden. Die Leute, die im Gebiet des Grand River Alkohol produzierten, waren ohnehin meist Stammesfremde, oft Weiße, die den Stoff angeblich für medizinische Zwecke brauten, und wenn es die eigenen Leute waren, dann zurückgekehrte Soldaten. Der Krieg hatte sie verroht.

Die Leute waren allerdings erfinderisch: Sie nahmen Bier als Ausgangsstoff und brauten daraus fast echten Whisky.

Hin und wieder tauchten Constabler der Polizei aus der nahen Stadt Brantford auf, um einen Verdächtigen im Indianerland aufzusuchen und zur Anzeige zu bringen. Meist erfolglos. Je weniger Alkoholöfen aber entdeckt wurden, umso überzeugter waren die Behörden, dass sie gut versteckt wurden. Dass sie nichts fanden, war der Beweis, dass Polizei und Justiz ihre Anstrengungen vervielfachen mussten.

Dass allerdings fremde Polizisten sich anmaßten, Alkoholbrenner aufzubringen, billigte Levi General nicht. Wir haben eigene Männer, die nach Brennöfen suchen können, fand er. Wir können unsere eigenen Suchtrupps einsetzen.

Oh ja, die alten Zeiten waren vorbei. Deskaheh empfand es heftig. Wie wäre es sonst denkbar, dass weiße Polizisten und ein paar in Uniformen gesteckte Mischlinge sich überhaupt bis ins Herz des Indianerlandes wagten, während die Tiere, die einst hier grasten, verschwunden waren. Und mit den Weißen hielt das Geld Einzug. Manche Junge verstiegen sich im Suff zu Behauptungen wie zum Beispiel der, dass sie lieber von einer Behörde Sozialgeld bezögen, als mühsam ein Tier zu jagen, das sich dann doch nicht in Geld verwandeln ließe. Schnapsideen.

Die alten Berufe waren am Aussterben: Es gab immer weniger Trapper, Fischer, Krieger, Medizinmänner. Tätigkeiten, die man einst aus Seelenantrieb ausübte. Heute war Geld der Antrieb. Selbst der Sekretär des Rates der Six Nations, Asa R. Hill, war, so Deskahehs Eindruck, dem Geld erlegen: ein Farmer, der moderne Methoden des Anbaus propagierte und Traktoren einsetzte. Hill handelte, je mehr sich das Auto ausbreitete, mit Maschinen und Autoersatzteilen; dauernd sah man ihn mit dem Lastauto im Reservat umherfahren und alte Auspuffe oder abgefallene Kotflügel oder abgefahrene Reifen aufladen; aus den Reifen ließen sich Sandalen machen, Kotflügel konnte man ausbeulen. Damit wurde er reich. Keiner begnügte sich mehr mit dem, was die Natur gab.

Sitting Bull war tot, der große Führer der letzten indianischen Aufstände. Auch Geronimo, ein erbitterterer Widerstandskämpfer noch als Sitting Bull, in Ketten im Gefängnis gestorben. Die ominösen Worte, die er hinterlassen hatte, lauteten: »O Ha Le a« – Ich warte. Es war eine Aufforderung.

Wie die Traditionen zerfielen, hatte Levi General während der Pan-America-Ausstellung in der nahen Stadt Buffalo gesehen. Da gab es eine Einfriedung mit einem Lager der Six Nations, in dem ein echtes Langhaus aufgebaut worden war. Es gab Szenerien mit echten Eingeborenen und Vorführungen mit Folklore-Charakter. Im Jahr 1901 war er achtzehn Jahre alt gewesen und beeindruckt von dem, was er da sah. Er sah, wie Running Deer, der letzte Erbchief der Mohawk, in wildem Ornat mit einem kleinen Mädchen im Fransenkleidchen tanzte und ritt. Das war Running Deers Enkelin, die noch keine zehn Jahre alt sein konnte. Sie spielte mit dem Pferd und machte darauf Kunststücke. Was für einen biegsamen Körper das Indianerkind hatte. Durfte man das?, fragte sich Levi. Durfte man sich und die Traditionen so zur Schau stellen? War das wohlgefällig in den Augen des Großen Geistes?

Running Deer war einer der Ersten gewesen, die ins Showbiz einstiegen. Er war mit einer Indianertruppe auf Bühnen und in Zirkusarenen aufgetreten. Er verdiente sein Geld durch den Verkauf von traditionellem Kulturgut. Aber da die Regierung Kanadas die alten Rituale verboten hatte, war es vielleicht auch ein Akt des Widerstandes, in der Öffentlichkeit die Pfeife zu rauchen und auf der Bühne Kriegstänze aufzuführen.

Die Mohawk machten solche Sachen. Anders als die meisten anderen Stämme sympathisierten sie mit der Moderne. Sie waren stolz darauf, progressiv zu sein. Levi General dachte, dass sie das eines Tages vielleicht bereuen würden.

Er hatte sogar eine Postkarte mit dem Bild des hübschen tanzenden Mädchens in die Hände bekommen. Zur jungen Frau herangewachsen, sollte sie eine berühmte Show-Artistin werden.

Die Ausstellung endete mit einem Drama, das deutlich machte, wie die weiße Gesellschaft von Gewalt zerfressen war. Der US-Präsident wurde, als er die Ausstellung besuchte, von einem Anarchisten angeschossen. Einige Tage nach dem Attentat starb er an einer im Körper zurückgebliebenen Kugel. Oh ja, es kündeten sich neue unfriedliche Zeiten an.

Levi General entwickelte sich nicht zum Progressiven. Auch wenn er gelegentlich von diesem neuen Getränk, das Coca-Cola hieß, kostete. Auch wenn er als junger Mann auf den Jahrmärkten in einer dunklen Holzbude Spielfilme gesehen hatte. Auch wenn er den Onondaga-Freund Tom Longboat beim Training beobachtet und bewundert hatte; der Mann nahm dann 1908 an den Olympischen Spielen in London teil und brach dort während seines Laufs zusammen, vermutlich weil er Aufputschmittel oder andere Drogen genommen hatte. Je mehr Levi General die Gesellschaft der Weißen kennenlernte, desto weniger hielt er von ihren großen Werten: Demokratie, Individuum, Geld. Überall Gier und Trickssereien. Wie viel klarer waren die Regeln der eigenen Völker. Wo die ältesten Frauen bestimmten, wer Chief werden sollte. Sie wählten den tüchtigsten unter den erbberechtigten Söhnen.

Der Kleinbauer und Landarbeiter Levi General war erbberechtigt. Er stammte aus dem Geschlecht, das die Chiefs stellen durfte. So kam es, dass die Matrone im Clan des Jüngeren Bären ihn zum Oberhaupt des Clans bestimmte, wie es Brauch war. Und wie es Brauch war, übertrug sie ihm auch den zugehörigen Titel: Des-Ka-Heh, wie es in indigenen Quellen geschrieben steht. Am 4. Juli 1917 fand die Zeremonie statt.

Von Frauen gewählte Chiefs; für Duncan Campbell Scott, den Zuständigen im Departement der Wilden, war das Anlass zu erneutem Spott: »Was die haben, ist eine Petticoat-Regierung.« Er kicherte bubenhaft.

So hielt Levi General, der nun Deskaheh genannt werden durfte, Einzug in den Rat der Konföderation, als einer der Chiefs der Cayuga. Er trug jetzt sozusagen Purpurwürde. Im Konzil der katholischen Kirche wäre er ein Kardinal.

Was das Wort Deskaheh bedeutet, habe ich mich gefragt. Es soll »Mehr als elf« heißen und bezieht sich auf eine indigene Story, in der von einem Dutzend Männer die Rede ist, die fischen gingen und dabei entdeckt wurden. Doch der Anführer entkam. Wie viel sie gewesen seien, hatten die Inspektoren gefragt. Und die Antwort hatte etwas diffus gelautet: »Mehr als elf.« Und so wurde von nun an der Anführer bezeichnet. Deskaheh war also ein Fischdieb.

5

Aus dem Bauern, Fischer und Holzfäller ist ein Politiker geworden.

Chief Deskaheh spricht eher leise. Das Publikum, das den Beratungen der Chiefs folgt, muss die Ohren spitzen. Man hört ihn nicht schreien und selten fluchen. Chief Deskaheh ist kein Blender. Aber er kann scharf argumentieren.

Dass immer wieder Landstücke im Gebiet der Six Nations von privaten Eigentümern an Weiße verkauft werden, ist ihm eine große Sorge. Auch die eigenen Leute werden geldgierig. So wird das Territorium immer kleiner, durch eigene Schuld. Angehörige der Six Nations profitieren von den Landverkäufen, und die Gesamtheit erleidet Schaden. Noch mehr ärgert ihn, dass Regierungsstellen zu diesem Tun anregen. Die ersten indigenen Soldaten waren aus dem Kriegsdienst in Europa zurückgekehrt, sie mussten wieder in die Gesellschaft integriert werden und lernen, auf eigenen Beinen zu stehen. Die kanadische Regierung stellte ihnen Parzellen im Indianerland zur Verfügung, damit sie dort als Bauern ihren Lebensunterhalt verdienten. Zugleich gewährte sie ihnen Kredite zu niedrigen Zinsen, um ihnen den Einstieg in die Landwirtschaft zu ermöglichen, wofür die Begünstigten als Sicherheit beim Staat eine Hypothek aufnehmen mussten. Auf diese Weise wollte die Regierung mithilfe der Veteranen die landwirtschaftliche Produktion erhöhen. Die regierungskritischen Indigenen sahen darin eine List. »Wir befürchten, dass die Regierung den Männern das Land wieder wegnimmt, wenn sie ihre Schulden nicht zahlen können, und es an Leute weitergibt, die nicht zum Stamm gehören«, verkündet Deskaheh im Rat. »Wir haben Mister Duncan Scott in Ottawa und seine Ränke kennengelernt. Was geschieht, wenn es zur Zwangsvollstreckung kommt?«, fragt er. Und pathetisch fügt er hinzu: »Wie kann man glauben, dass die Landräuber heute ausgestorben sind?«

Deskaheh ist selber in ein Verfahren um Land verwickelt. Er hat ein Stück Boden aus dem Besitz des Six-Nations-Rates gekauft, als da plötzlich einer auftaucht und erklärt, der Boden gehöre in Wirklichkeit ihm. Das Land ist ihm offenbar von der Regierung zugeteilt worden. Dabei ist der Mann nicht einmal auf den

Stammeslisten verzeichnet. Wieder eine Intrige. Wieder wird die Autorität des Stammes, über sein Land zu verfügen, von kanadischen Behörden infrage gestellt. Deskaheh erklärt, dass er kämpfen werde, bis sein Blut kalt sei. Der Prozess läuft durch alle Instanzen.

Schon ein Jahr nach seinem Einzug in den Rat der Six Nations wird Deskaheh dessen stellvertretender Sprecher. Er hat nicht nur im Rathaus Aufgaben zu erfüllen. Er tritt auch im Langhaus auf, dem traditionellen Versammlungsraum. Da muss er Gebete sprechen, muss die alten Formeln wiederholen, muss wissen, wie man die höheren Wesen und die Vertreter der Clans anspricht. Und jede Rede muss den rituellen Anforderungen genügen. Eine Rede für gute Ernte enthält ganz andere Textbausteine als eine für Einheit und Frieden.

Es ist der kometenhafte Aufstieg eines Politikers. Eines Politikers, der auf die Lebensmitte zugeht und Respekt genießt. 1921 wird er zum Sprecher des Rates der Six Nations berufen. Inzwischen ist er auch Chief seiner eigenen Nation, der Cayuga.

Der Job ist nicht einfach. Zweiundvierzig Häuptlinge sitzen im Rat der Föderation. Ihre politischen Vorschläge gehen oft weit auseinander. Und ihre Vorstellungen über Gott und die Welt auch. Christen sitzen da und Anhänger des Propheten. Gemeint ist jener Prophet aus dem Stamm der Seneca namens Handsome Lake, der im 19. Jahrhundert nach einer Bekehrungsvision mit seinen religiösen Lehren Aufsehen erregte und eine große Anhängerschaft um sich versammelte. Er erließ Vorschriften, die zur Tugend anleiten sollten. Sie verboten ausdrücklich das Trinken von Alkohol, Zauberei und gewalttätige Auseinandersetzungen.

Die Meinungsverschiedenheiten weiten sich manchmal zu Grabenkämpfen aus, es kommt zu politischen Konflikten zwischen den Nationen der Six Nations und selbst innerhalb der Familien. Deskaheh lernt in diesen Disputen schnell die Dialekte all dieser Nationen, das schafft Vertrauen. Und er kann Englisch, das braucht man im Behördenverkehr.

Für politische Beratungen kommen die Chiefs im Rathaus in Ohsweken zusammen, dem Zentraldorf des Grand-River-Landes. Von Hauptstadt kann man nicht reden.

Rund dreihundert Gebäude zählt diese Siedlung, immerhin. Da sind ältere Häuser noch aus Holz und neuere aus Zement, beide meist ohne Strom und fließendes Wasser. Und das kleine Rathaus. Es hat die längliche Form einer Kapelle, wirkt aber mit seinen Wänden aus Backstein und seinem Kamin eher wie eine kleine Fabrik für Schrauben oder Sanitärinstallationen.

Ein Foto zeigt eine Ratsversammlung um 1898. Bürgerlich gekleidete Männer mit Schlips oder Krawatte blicken würdevoll in die Kamera. Man erkennt ein erhöhtes Rednerpult, einen Tisch für die Schreiber, dahinter das Podium der Ratsvorsitzenden. An der Decke die Flagge der sechs Nationen. Darunter die Plätze für das Publikum.

Die alte Kleidung hat man aufgegeben, die alten farbenprächtigen Kostüme. Man kleidet sich bürgerlich oder bäuerlich. Allenfalls tragen noch die Frauen einen geschmackvoll bestickten Rock.

Ich höre Deskaheh reden: »... denn ich versichere euch, dass das Departement für indianische Angelegenheiten wie ein schlechter Baum ist, der nicht nur vergiftete Früchte hervorbringt, sondern von so vernichtendem

Einfluss ist, dass in seinem Schatten keine gutartige Pflanze gedeihen kann.«

Den Bauernhof übergibt er der Familie, sein jüngster Bruder Alexander ist ein talentierter Farmer. Nun lernt Deskaheh auch Schreibmaschinenschreiben. An seinem Äußeren aber ändert sich nicht viel. Er trägt immer noch die Kleidung eines Farmers. Er trägt weiterhin kurzes Haar, wie es Anfang 20. Jahrhundert üblich ist. Sein Auftreten indes ist vermehrt von der Würde des Amtes geprägt, er äußert sich zurückhaltend, aber oft mit selbstkritischem Humor. Seit er Chief geworden ist, verschließt er sich den Auswüchsen des Westens. In die Stadt geht er nur noch, wenn die politischen Geschäfte rufen, um einen Anwalt zu treffen oder ein Parlamentsmitglied zu sprechen. Er besucht keine Kneipen oder Musikfeste. Unter der Trauerweide auf dem Rasen zum Landhaus seiner Familie empfängt er gern Mitbürger aller Art, um mit ihnen über ihre Anliegen zu reden. Obwohl protestantisch erzogen, nimmt er nicht an den christlichen Gottesdiensten teil, er besucht die Zeremonien im Langhaus, dem alten Haus aus Holz, in dessen Innerem an beiden Eingangsbereichen ein Feuer brennt. Wo der Rat tagt. Wo die Lehren des religiösen Führers Handsome Lake verkündet werden, die weder christlich noch unchristlich sind, sondern einfach ein Plädoyer für den Frieden. Wo Paare durch einen Chief verheiratet werden, ohne Pfarrer. Wo Kinder ihren indianischen Namen erhalten. Wo mit Gesang und Tanz die großartige Green-Corn- oder die Midwinter-Zeremonien abgehalten werden. Wo weise Männer die Geschichte der Nation erzählen.

Dies vor allem, die Geschichte der Nation, prägt Deskahehs Denken. Sie ist festgehalten auf bestickten Bändern oder Gürteln. Da fügen sich weiße oder schwarze oder purpurfarbene Meeresschnecken und Muscheln zu Mustern, die für den Eingeweihten, der sie deuten kann, wichtige Ereignisse festhalten. Es sind Bildercodes. Die Bänder erzählen, dass die Six Nations vor Hunderten von Jahren von Häuptling Hiawatha gegründet wurden. Und dass sie der älteste Völkerbund der Welt sind. Jedenfalls von allen Völkerbünden der Gegenwart.

Da viele Stammesangehörige nicht schreiben und nicht lesen können, sind diese Bänder, die Wampums genannt werden, unverzichtbar. Sie werden vom Wächter des Feuers im Langhaus aufbewahrt.

Ja, Deskaheh ist auch so etwas wie ein Prediger des Langhauses.

Schließlich schlägt der Prediger und Politiker Deskaheh vor, eine eigene Flagge über dem Rathaus aufzuziehen. Mit dem Bild aus einem Wampum, in dem die Gründergeschichte erzählt wird: Ein Friedensbaum, eingegliedert in eine Kette der verbündeten Nationen. Als Deskaheh tatsächlich anordnet, den Union Jack – das blau-weiß gekreuzte Symbol Großbritanniens, das bisher auf dem Dach wehte – herunterzuholen, provoziert er einen Konflikt in den eigenen Reihen.

Die beiden einstigen Freunde, Asa Hill und Levi General, entfremden sich zusehends. Früher haben sie zusammengearbeitet, auch wenn Deskaheh ein Anhänger der Langhaus-Religion ist und Asa zu den Adventisten des siebenten Tages gehört. Asa R. Hill, Sekretär des Stammrates und Deskahehs Begleiter auf der Fahrt zum Innenminister in Ottawa, glüht vor Zorn, als er die auf dem Boden liegende Flagge sieht. »Das ist ein Bruch mit der Krone«, erklärt er im Rat.

6

Der Whisky, die zurückgekehrten Soldaten, die Tänze, die Flagge. Die Auseinandersetzungen lassen die Temperatur auf beiden Seiten steigen. In Ottawa geben sich Besucher im Büro für indianische Angelegenheiten die Klinke in die Hand. Ein Kommandant der berittenen Polizei marschiert ein. Auf weicheren Sohlen ein Parlamentarier. Dann ein Vertreter der Weltkriegsveteranen aus dem Gebiet der Six Nations, der über neue Entwicklungen im Reservat berichtet. Der Verleger einer Zeitung aus Brantford, der Hintergrundinformationen haben möchte. Auch Asa R. Hill, Sekretär des Rates der Six Nations, ist in seinem Auto wieder hergefahren. Er sucht Unterstützung in einem Streitfall im Territorium.

Ein Weltkriegsveteran hat sein Land vorübergehend von einem indigenen Pächter beackern lassen; nun wird er den Pächter nicht mehr los. Dabei ist dem Soldaten das Land von der Regierung garantiert worden. »Es gibt Leute im Reservat, die den Pächter unterstützen, um der kanadischen Regierung eins auszuwischen«, berichtet Hill. »Ist dieser Levi General darunter?«, fragt Scott. »Er ist der Anführer«, antwortet Hill, »äußerst ungesundes Element. Ein notorischer Agitator, unter uns gesagt.« »Lassen Sie ihn verhaften«, sagt Scott. Hill wartet mit der Antwort: »Bei uns herrscht Meinungsfreiheit. Ich brauche einen Grund.« »Wir werden Gründe finden«, antwortet Scott. Nach einem Moment des Schweigens fährt Scott weiter: »Wir werden bei ihm ein Destilliergerät suchen.«

Rädelsführer Deskaheh spürt, dass er sich nicht isolieren lassen darf. Er sucht Unterstützung. Bei kanadischen Parlamentariern. Bei US-Bürgerrechtlern. Bei Juristen. Einer von ihnen, der schon eine Reihe kleinerer Streitfälle bearbeitet hat, beginnt, die Sache der Indigenen zu seiner eigenen Sache zu machen. George P. Decker ist ein Rechtsanwalt britischer Nationalität mit deutschen Wurzeln, der im nahen Rochester auf US-Gebiet eine Kanzlei betreibt. Er betätigt sich in der Stadt- und Regionalpolitik. Ist Finanzverantwortlicher für den Hafen von Rochester. Eine Zeit lang war er amtierender Generalstaatsanwalt unter einem demokratischen Gouverneur. Jetzt wirkt er in der Kommission, die zuständig ist für Fischfang und Jagd. In der Frage der Landzuteilungen an Kriegsveteranen wendet sich Deskaheh namens der Six Nations an ihn.

Anwalt Deckers Position ist klar: »Das Volk der Six Nations hat, als ihm von der britischen Krone 1784 das Land am Grand River zugesprochen wurde, nie eingewilligt, irgendwelche Kompetenzen vonseiten der Krone auf das kanadische Dominium zu übertragen.« Die Kanadier dürfen nicht über Indianerland verfügen, ist seine Meinung. »Ohnehin haben kanadische Constabler und Sheriffs nichts auf Ihrem Land zu suchen«, erklärt Decker noch. »Seien Sie strikt. Sobald einer erscheint, sollten Sie protestieren.«

Es erscheint nicht bloß einer. Ein Dutzend sind es. Weiße Polizisten. Sie suchen einen des Mordes Verdächtigen. Die Kriminalgesetze Kanadas würden auch auf dem Boden der Six Nations gelten, erklärt der Anführer. Doch die Anwohner setzen sich zur Wehr. Tumult und Geschrei. Die Frauen greifen die Eindringlinge an. Kräftige Arme zerren den Festgenommenen aus dem Getümmel heraus.

Im April 1921 wird George P. Decker vom Council per Beschluss zum offiziellen Berater der Six Nations ernannt. Decker will, dass die britischen Medien über den Konflikt berichten. Kennt er doch zufällig Lady Astor, die im britischen Parlament sitzt.

Die Debatten hören nicht auf im Grand-River-Land. Wie soll man sich verhalten gegenüber diesen Weißen, die behaupten, das Indianerland befinde sich auf kanadischem Territorium, und die Rothäute seien kanadische Untertanen?

Einige Junge glauben, dass Widerstand gegen den Staat Kanada zwecklos sei. Die Verhältnisse seien zu weit gediehen. Das Machtungleichgewicht zu groß. Das Rad der Geschichte lasse sich nicht zurückdrehen.

Andere Junge plädieren für Krieg: Grabt die Waffen wieder aus. Dafür haben wir sie ja aufbewahrt in der Erde. Für eine Situation wie diese. Für den Moment, wo es uns unmöglich wird, in Frieden zu leben.

Einigen ist alles egal. Hauptsache, man lässt sie in Ruhe. Und andere suchen den Frieden. Das ist nicht dasselbe wie die Ruhe. Der Frieden ist anstrengend. Der Frieden ist nicht bequem. Deskaheh ist die führende Stimme in diesem Lager.

Es gibt auch Leute, die offen für das Regime in Ottawa Stellung nehmen.

»Wir brauchen Bildung und Advancement«, sagt Asa R. Hill, der Sekretär des Rates. »Wir dürfen nicht alles ablehnen, was von den Weißen kommt, nur weil es von den Weißen kommt.«

»Asa R. Hill hat recht«, sagt Deskaheh. »Wir brauchen Leute, die das Recht der Weißen studieren. Sonst können wir nie auf Augenhöhe mit ihnen verhandeln.«

Auch durch Deskahehs Familie ziehen sich die Risse. Nicht alle stehen auf der Seite von Levi General.

Es gibt im Six-Nations-Land unterschiedliche Fraktionen. Da sind die christlich geprägten Gruppen, die bis zu einem gewissen Grad mit der kanadischen Regierung zusammenarbeiten wollen, und es gibt die traditionellen Anhänger des Langhauses, die die Regierungsjustiz grundsätzlich ablehnen. Im Haus eines Chiefs findet eine Versammlung statt. Eine Versammlung derer, die mit allem unzufrieden sind, auch mit dem eigenen Regime der Six Nations. Weltkriegsveteranen plädieren dort dafür, eine neue Vereinigung zu gründen, die speziell die Anliegen der Krieger vertritt. Es gehe alles zu langsam. Man brauche Demokratie, Fortschritt und Kapitalismus. Zwei Missionsschüler sind da, die genau das Gegenteil wollen. Sie finden, eine Erziehung in den Schulen der Weißen entfremde die Indigenen von ihrer Kultur, und Verräter seien jene Chiefs, die diese Art von Erziehung befürworteten. Die Stimmung ist aggressiv. »Es heißt, dass Hunger zum Denken anregt«, sagt einer. »Ich denke, unsere Chiefs haben zu viel gegessen.« »Wir wollen einen neuen, einen gewählten Stammesrat«, das ist der gemeinsame Nenner dieser Versammlung von Radikalen. »Haut den Chiefs die Hörner ab«, lautet ihr Slogan. Dehorners nennen sie sich deshalb.

Diese Gruppe von Unzufriedenen sei die Geheimwaffe von Herrn Duncan C. Scott, findet Chief Deskaheh. Er ahnt, dass Asa R. Hill sich auf deren Seite schlagen wird.

7

Der Rat muss handeln. Etwas muss geschehen. Die Chiefs wollen sich direkt an die britische Königin wenden und sie an ihre einstigen Versprechen erinnern, und sie beschließen, eine Delegation nach London zu senden. Sie organisieren sogar eine Volkswahl zu der Frage, wer die Six Nations in London vertreten soll.

Deskaheh liegt nach Auszählung mit hundertsieben Stimmen zwar abgeschlagen an dritter Stelle. Aber weil er ein Vertreter der Langhaus-Gemeinschaft ist und weil die Langhaus-Gemeinschaft nur einem der Ihren traut, beauftragt man ihn, zusammen mit dem Rechtsanwalt nach London zu reisen.

Um zu vermeiden, dass er von der Indianerbehörde präventiv verhaftet wird, begibt er sich in die südlichen Territorien der Irokesen, die auf US-Gebiet liegen. Nur ein Schwarm Raben begleitet ihn bis zur Brücke über den Grand River.

In der Zwischenzeit soll der Rat Geld sammeln, da die kanadische Indianerbehörde diese Reise nicht finanzieren wird.

Im Frühlingslicht des Jahres 1921 sitzt Deskaheh nun auf US-Territorium vor dem Haus seines Freundes, eines Tuscarora-Chiefs namens Clinton Rickard, und stickt und näht und schneidert. Vor sich Teile eines Gewands, die er selber aus Wildleder fabriziert hat. Seine Frau hat ihm geduldig die Fransen in die Lederstreifen geschnitten. Er fügt mit Nadelstichen die Teile zusammen: die

Beinkleider, die Ärmel zum Wams. Auf das Brusttuch hat er ein Blumenmuster gestickt, mit gläsernen Perlen, die aus Deutschland stammen, wie ihm ein Händler gesagt hat. Zuletzt setzt er sich den Kopfschmuck auf, der von einer Wildwestshow der Mohawk stammt und den er leihweise bekommen hat. In imposantem Katarakt fallen die Adlerfedern über Nacken und Rücken bis zu den Hüften. Seine Frau lacht hellauf.

So ein Kostüm tragen die Irokesen nämlich nicht und haben es nie getragen. Es ist ein Kostüm der Plains-Indianer. Aber mit dem traditionellen Outfit der Irokesen macht man keinen Staat: Das sieht zu rebellisch aus. Es gibt Irokesen-Chiefs, die eine Haube tragen mit einer Feder, die senkrecht in die Höhe sticht, und einer zweiten, die keck seitwärts kippt. Wenn Deskaheh als Sprecher der Six Nations mit der Krone von Gleich zu Gleich verhandeln soll, muss er etwas Ebenbürtiges tragen, der wallende Federschmuck der Plains ist deshalb geeigneter.

»Die Königin wird beeindruckt sein«, sagt seine Frau.

»Es ist keine Königin«, sagt Deskaheh. »Es ist König George der Fünfte. Aber wir sagen eben: »Die Königin«.

Dann zieht er das Wams wieder aus.

Dieser Kleidertrick hat mir imponiert; ich habe nachgeschlagen in ethnologischen Bildbänden. Der Schweizer Indianermaler Karl Bodmer hat Irokesen gemalt, die so ganz anders gekleidet sind als Apachen der Prärie. Er hat 1832 mit einem deutschen Prinzen Reisen ins Innere Amerikas unternommen und unterwegs immerfort gezeichnet und aquarelliert. Von einigen seiner Bilder ließ sich Karl May inspirieren. Ein Irokese in der Tracht der Prärieindianer – ein prächtiger Einfall.

Es ist kühl an jenem Morgen, an dem Chief Deskaheh mit seinem Gepäck bereitsteht. Er hat eine Decke um sich geschlagen. Die Tochter bringt ihn mit dem Pferdegespann zum Bahnhof. Er wartet geduldig zwei Stunden auf den Zug. Ein fauchendes Ungetüm, das ihn jedes Mal beeindruckt. Das kohleschwarze Eisenpferd hat dazu beigetragen, dass es im Land keine Büffel mehr gibt. Aber es bietet auch Annehmlichkeiten, zugegeben. In Buffalo wird Anwalt Decker mit den Papieren für die Schiffspassage zusteigen. Dann gehts gemeinsam nach New York.

Sie stehen an der Reling und sprechen das Projekt immer und immer wieder durch. Bisher haben sie sich meist geschrieben, manchmal telegrafiert und paar wenige Male gesehen. »In London gibt es gute Menschen«, sagt Deskaheh.

»Es gibt Vereine, die sich gegen die Sklaverei ausgesprochen haben«, antwortet Decker und nickt, »und die sich für die Aboriginals einsetzen.«

»Ich habe davon gehört«, sagt Deskaheh, »Sie meinen die Anti-Slavery and Aborigines' Protection Society.« Und mit einer entschiedenen Geste erklärt er: »Wir werden sie besuchen.«

»Die Leute kümmern sich um unsere Hotelreservationen und fertigen Plakate für Ihre Vorträge«, sagt Decker.

»Wir werden ein Pamphlet schreiben«, erklärt der Chief.

»Die Londoner Freunde sind dabei, etwas vorzubereiten.«

»Schreiben Sie an den Premier«, ordnet Deskaheh an. »Die Nachrichtenoffiziere auf dem Schiff sollen es übermitteln.«

19. August 1921: »An den Ehrenwerten David Lloyd George, Premierminister, O. M., M. P. Downing Street, S. W. 2, London.

Ich bin in London auf einer Mission meines Volkes, der Six Nations vom Grand River, um Ihrer Majestät dem König eine Petition zu überbringen. Der Anlass meiner Mission ist die Entscheidung der kanadischen Dominion-Regierung, uns zu kanadischen Bürgern zu erklären und uns als separates Volk auszulöschen. 1784 hatte König George III. Ländereien am Grand River erworben. Auf Einladung der britischen Krone, die den Six Nations ihre bleibende Unabhängigkeit zu sichern versprach, wanderten diese dahin aus und ließen sich an den Ufern des Grand River nieder. Wir halten am Versprechen fest, das unserem großen Chief Captain Brant durch den König gemacht wurde, demzufolge der König von England jederzeit bereit ist, für das Wohlergehen unseres Volkes heute und in Zukunft zu sorgen.

Ich bitte respektvoll um ein Treffen, um Ihnen meine Beglaubigungen zu überreichen und um eine Gelegenheit zu vereinbaren, Ihrer Majestät unsere Petition zu präsentieren.

Signiert: Deskaheh, Speaker of the Council and Deputy of the Six Nations, Chief of the Cayuga Nation.«

Von den Zollbeamten wird sein Irokesenpass, den der Rat der Six Nations ausgestellt und gestempelt hat, ohne weitere Umstände akzeptiert. Obwohl der britische Geheimdienst mit Vorliebe Einreisende an der Grenze kontrolliert, Pässe kopiert, Gepäck durchsucht. Vor allem Diplomatengepäck. Doch es ist eine Zeit, in der sich das Passwesen in Europa erst langsam entwickelt, noch ist es nicht vereinheitlicht.

»Sie werden im Hotel Adelphi residieren«, sagt Miss

Robertson Matheson, die sie am Hafen abholt; »von der Terrasse aus haben Sie einen interessanten Blick auf die Themse.« Robertson Matheson ist eine ältere Dame mit einem ausladenden königsblauen Hut.

Sie redet viel.

»Wissen Sie, ich kann Dinge sehen, die andere nicht sehen«, erzählt sie in der Kutsche. »Als Kind bin ich meinen Eltern von Missionaren weggenommen worden. Ja, ich war ein Irokesenkind.«

Sie habe in der Angelegenheit der Six Nations mittlerweile neun Briefe geschrieben: An einen Anthropologen namens Eugène Pittard in Genf. An einen persischen Diplomaten mit unaussprechlichem Namen – »Die Perser sind auch gegen Großbritannien.« An den Nordpolforscher und Diplomaten Dr. Fritjof Nansen. An Lord Robert Cecil – »Ja, den konservativen Parlamentarier«. Und letzte Woche an Gilbert Murray, einen britischen Literaturwissenschaftler australischer Herkunft.

Als Decker sie fragend anschaut, holt sie noch weiter aus: »Mein Bruder ist Diplomat in Australien. Und ich bin Schriftstellerin.«

Decker hat das Gefühl, zu verstehen, warum viele Männer in Großbritannien die Bewegung der Suffragetten ablehnten, die vehement das Frauenstimmrecht fordern. Sie muss eine von ihnen sein. Deskaheh dagegen scheint über den Redefluss dieser Frau nicht erstaunt zu sein. Im Grand-River-Land ist das nicht anders.

»Was für ein nobler Mann dieser Chief Deskaheh doch ist. Mit heldenhaftem Herz kämpft er für die Wahrheit«, hört er sie zu Decker sagen.

Warum sich Miss Robertson Matheson so sehr für die Sache der Indianer engagierte, wie ich aus immer mehr

Briefen ersehe, war mir anfangs nicht klar. Bis ich feststellte, dass sie nicht Britin war, sondern Schottin. Sie lebte in Schottland auf einem Landgut in der Nähe von einem Ort, der Dollar heißt. Eine Schottin also von den Highlands, wo man viel Wert auf Traditionen legt. Eine Konservative, wie sie zu betonen pflegte, die es als Aufgabe sah, die alten Völker zu schützen und ihre Bräuche zu bewahren. Eine glühende Anhängerin des schottischen patriotischen Gedankenguts zudem. Im Kampf der Indianer erkannte sie dasselbe Verlangen nach Unabhängigkeit, das die Schotten beseelte.

8

Nun sitzen der Indianerchief und sein Rechtsanwalt so manche Stunde in Vorzimmern, wo der amtierende König George V. aus Bilderrahmen auf sie herabsieht. George V. hat 1919 das Grand-River-Land besucht und ist begeistert empfangen worden.

Aber der König, das erfahren sie schnell, ist abwesend, er befindet sich auf seinem Schloss Balmoral Castle im Norden Schottlands, sie werden ihn nicht treffen können.

Zwar tagt das Parlament, ist aber aufs Heftigste mit den politischen Wirren in Irland beschäftigt. Dort wird nach einem Unabhängigkeitskrieg soeben ein Irischer Freistaat geschaffen. Wer mag sich zwischen den Debatten noch mit einem Unabhängigkeit reklamierenden, weit entfernten Grand-River-Land beschäftigen? Das Imperium hat zu viele Unruheherde.

Es bleibt ihnen nichts anderes übrig, als einen Brief an den König zu hinterlegen und eine maschinengeschriebene Petition. Von der Kanzlei wird ihnen beschieden, die Papiere würden weitergeleitet.

Sie versuchen inzwischen, den Prinzen von Wales zu treffen, der als ältester Sohn des Königs Thronfolger ist. Vergeblich. Dann den dritten Sohn des Königs, den Duke of Connaught, der das Grand-River-Land mit seinem Vater besucht hat. Sie versuchen, mit dem Premier zu sprechen.

Das Anliegen, das sie deponieren, ist immer dasselbe: Der König möge ihnen bestätigen, dass die Indianer Verbündete Großbritanniens gewesen seien und dass er ihnen Land zugewiesen habe am Grand River. Nicht als einem Volk von Untertanen, sondern einer selbstständigen Nation.

Deskaheh ist begierig darauf, den Leuten zu zeigen, was er im Koffer mitgebracht hat. Es ist ein Wampum, der Beweis für diese staatsrechtliche Sicht der Six Nations. Das aus schwarzen und weißen Perlen gefertigte Mosaikband zeigt zwei lange, dunkle, parallel verlaufende Linien auf hellem Grund. Die Alten hatten genau erklärt, wofür sie standen. Die eine Linie war Großbritannien. Die andere waren die Six Nations. Deskaheh würde es so erklären: »Auf der einen Seite reisen wir in unserem Kanu den Fluss des Lebens hinunter. Und in einer zweiten Spur fahren in ihrem Boot die Europäer, die in unserem Land sind.« Jeder muss das verstehen. Noch ahnt er nicht, dass nicht ein einziger einflussreicher Politiker in Großbritannien sich davon überzeugen lassen wird.

Sie sprechen im mächtigen Bau des Colonial-Office vor, das für das Dominion Kanada zuständig ist. Deskaheh im dunklen Business-Anzug, der etwas zu weit ist, die Jacke zudem nicht tailliert, zwei Knöpfe sind offen. Immerhin erscheint er nicht im Hirschlederwams mit Glasperlen. Politik ist eine Show, das hat er schon lange begriffen. Einmal ist dieses Kostüm verlangt, ein andermal jenes. Der erste Sekretär ist leider ebenfalls außerhalb Londons. Der stellvertretende Unterstaatssekretär verspricht, ihre Eingabe weiterzuleiten an den Kolonialminister. Einen gewissen Herrn Winston Churchill, der sich im Weltkrieg auszeichnete, wo er an der Westfront ein Bataillon kommandierte. Später ist er Kriegsminister geworden. Ein Haudegen.

Auf vierzehn Tage Dauer ist ihr Besuch in London angelegt. Sie werden doppelt so lange bleiben.

Sie lassen die Petition, die sie ausgearbeitet haben, drucken, um sie weiterverbreiten zu können.

Allmählich werden die Zeitungen auf sie aufmerksam.

Ein Werbeagent will für sie einen Auftritt organisieren, vor möglichst vielen Menschen. Er schlägt die Bühne des Hippodrome vor, ein Theater und Musiksaal im Stadtbezirk Westminster. Da könnte der Indianer in einer Produktion, die sich »The Peep Show« nennt, auftreten. Deskaheh sagt zu.

Der Komiker Charly Chaplin ist schon vor Jahren auf dieser Bühne aufgetreten. Vermutlich hat auch das Mohawkmädchen White Deer hier getanzt, die Künstlerin, die er bei der Pan-America-Ausstellung in Buffalo gesehen hat. Als junge Frau hatte sie eine internationale Karriere im Showbusiness gestartet. War in der Welt herumgekommen. Hatte einen Mann geheiratet, der angeblich ein russischer Graf war, und nannte sich seither Prinzessin. Im kurzen Fransenröckchen tanzte sie mit wirbelnden Messern und mit Pfeil und Bogen.

In diesem Theater also will der Indianer-Chief sprechen. Ausdrückliche Anweisung: Deskaheh soll seine Regalien tragen: Hirschlederwams, Federschmuck und um die Brust den Wampum. Dem Veranstalter wäre es wohl am liebsten gewesen, wenn der Chief aus dem kühlen Kanada auf einem Eisbären oder wenigstens einem Elch hereingeritten wäre.

Hier, sagt der Agent, werde es endlich auch möglich sein, bis zu Vertretern des Königshauses vorzudringen. Anlässlich eines Empfangs für Künstler und Gäste in der königlichen Loge.

Deskaheh will alles tun. Er weiß, er muss auftreten vor dem Volk Großbritanniens. Dafür haben seine Brüder und Schwestern das Geld aufgebracht, mit dem er hierherreiste. Und wenn er erst zu den Menschen sprechen kann, werden sich ihre Herzen öffnen, dessen ist er sich sicher.

Und so redet er denn. Aus tiefem Herzen. Frei, ohne Manuskript. Er zählt all die Schlachten auf, bei denen die Boys der Six Nations den Engländern beistanden. Die Schlacht auf den Plains of Braham, Quebec, 1759. Die Gefechte im Revolutionären Krieg 1776 bis 1777. Die Schlacht auf den Queenston Heights 1812. Und die Grabenkämpfe im letzten Großen Europäischen Krieg 1914/18.

»Ihr habt uns gesagt, ihr seid in großen Schwierigkeiten, weil ein mächtiger Mann mit Pickelhaube und Keule hinter euch her war«, erinnert er an die jüngste Geschichte. »Wir haben geholfen, den Mann zu vertreiben, obwohl wir selber schon vor mehreren Hundert Jahren auf das Führen von Kriegen verzichtet haben. Von den dreihundert jungen Männern, die aus dem Grand-River-Land fortgingen, liegen heute vierzig für immer schlafend im Schlamm. Wir Indianer haben mitgeholfen, den Friedensschluss in Europa möglich zu machen«, erklärt er, in zurückhaltendem, fast leisem Ton, aus der Halle brandet ihm immer wieder Applaus entgegen.

Und weil eben die Irokesen den Briten geholfen hätten, ihre Unabhängigkeit zu verteidigen. müssten nun die Briten den Irokesen helfen, die ihre zu bewahren.

Dann der Empfang der Künstler in der königlichen Loge. Der Prinz von Wales ist anwesend. Respektvoll wird Deskaheh vorgestellt als »Chancellor of The Six Nations«. Der Prinz zeigt sich huldvoll. Deskaheh hat einen kleinen Coup vorbereitet. Er adoptiert Ihre Königliche Hoheit als Stammesmitglied und verleiht ihr den Titel »Chief Morgenröte«. Wird der Prince of Wales eines Tages den Thron besteigen, wäre ein Ehrenchief der Irokesen britischer König.

Der Empfang findet schon am Mittag statt, nicht erst am Abend, da ist das Licht besser, ein Zugeständnis an die Equipe der Fotografen. Die Fotos, die während der Zeremonie vermutlich gemacht wurden, habe ich leider nicht gefunden.

Es steht noch ein Vortrag vor einem philanthropischen Publikum auf dem Programm. In der Anti-Slavery and Aborigines' Protection Society. Organisiert dank Miss Robertson Matheson. Viele Hüte wippen auf den Köpfen der Damen im Saal. In einfachen Worten erzählt Deskaheh, dass die kanadische Regierung sie wie Kinder behandle, und offensichtlich berührt er mit seiner Rede die Gemüter. Eine Schriftstellerin, die als »Miss Fleming-Gyll, Tochter des verstorbenen Lieutenant-Colonel Fleming George Gyll« eingeführt wird, liest ein Gedicht vor. Es trägt den schwermütigen Titel: »The Red Man's Burden«. Am Ende der Veranstaltung begrüßt Lady Viscountess Astor, das erste weibliche Parlamentsmitglied des Vereinigten Königreichs, den Vortragenden: »Ich leide mit dem Leiden der edlen Rasse«, erklärt sie und hält seinen Arm. Das kanadische Departement benehme sich very unanständig. Und dann sagt sie mit um Zustimmung heischender Miene: »Die Welt verkommt, weil eine Meute von bolschewistisch gesinnten Menschen den Platz von unseren Gentlemen einnimmt und schlechte Gesetze fabriziert.«

Deskaheh nickt und lächelt. Decker wird ihm erklären, was es mit den Bolschewisten auf sich hat.

Dann gibt es für die Delegierten aus dem Grand-River-Land nichts mehr zu tun. Auf ihre Eingaben haben sie noch keine Antworten erhalten, das kann dauern. So reisen sie mit der RMS Olympic der White Star Line zurück.

Als Anwalt Decker dem Schiffskapitän eröffnet, dass mit dem Passagier Levi General ein indianisches Staatsoberhaupt an Bord sei, ergreift der Captain die Gelegenheit: Deskaheh wird an den Kapitänstisch eingeladen. Und darf sogar für einen Moment ans Steuer des modernen Monsters, das 269 Meter lang ist und eine Maschine mit 29 Dampfkesseln hat, wie der Kapitän erläutert. Deskaheh bedankt sich, indem er den Kapitän für die Dauer der Schiffsfahrt zum Stammeshäuptling ernennt und ihm den Namen Tah-nya-di-yes verleiht: der Mann, der über das große Wasser gelangt.

In einem Pressecommuniqué vom 21. September 1921 würdigt die Schifffahrtsgesellschaft den Vorgang: »Der White-Star-Liner Olympic ist von Southampton und Cherbourg aus mit 1700 Passagieren an Bord in New York angelangt. Er hat sorgfältig angedockt an Pier 59, North River, souverän manövriert von Indianerchief Tah-nya-di-yes. Dieser Titel ist dem Kapitän Sir Bertram Hayes auf der Reise gegeben worden, von einem Chief der Cayuga, der als Passagier auf der Olympic war. Die Verleihung des Ehrentitels wurde von einem Powwow mit eindrücklichen Zeremonien wie dem Rauchen des Kalumet und dem Vorzeigen von alten Bildgürteln begleitet.«

Bei der Ankunft wird für die Filmleute posiert.

Deskaheh und Decker sind zufrieden. Ein weiterer PR-Erfolg.

Die Petition, die sie eingereicht haben, ist leider nicht an den König weitergeleitet worden. Sie landet in den Händen des Staatssekretärs für Kolonien, Winston Churchill, der sie vermutlich mit der berühmten Zigarre in der Hand und grimmig verzogenem Gesicht liest.

Ende des Monats bereits kommt ein Brief aus London in Kanada an. Darin erklärt Churchill, dass die Angelegenheit in der ausschließlichen Kompetenz der kanadischen Regierung liege. Das ändere nichts am bisherigen Status der Six Nations. Aber es setze die Dominion-Regierung an Stelle der Regierung in London. Er habe darum alle Dokumente an den Generalgouverneur weitergeleitet.

Es ist ein Schock. Die Reise nach England hat nichts gebracht.

9

In Ottawa geht der Beauftragte für Indianische Angelegenheiten seiner Lieblingsbeschäftigung nach: Er ärgert sich. Nachrichten erreichen ihn, die ihm nicht gefallen. Zuerst die Holländer, jetzt Großbritannien. Reist dieser irokesische Scharfmacher also nach London, um die kanadische Regierung anzuschwärzen. Residiert in einem Luxushotel. Tritt in einer Exotenshow auf. Erzählt Damen von Demokratie und der Freiheit des Indianerlebens. Damen, die immer begierig sind nach solchen Geschichten und die ihren Männern dann womöglich im Bett sagen, sie sollten sich für die Indianer einsetzen.

Doch Duncan Campbell Scott sind die Hände gebunden. Seit Anfang des Jahres ist ein neuer Innenminister im Amt. Eine konservative Regierung ist durch eine liberale abgelöst worden. Damit erhält das Indianerbüro einen neuen obersten Chef. Es scheint, dass Innenminister Charles Stewart – ein Abkömmling von Einwohnern aus den schottischen Highlands – mehr Verständnis für die Indigenen aufbringt als sein amtsführender stellvertretender Generalsuperintendent. »Die Schraube anziehen kann man immer«, hat Stewart gesagt. »Sie zu lösen, ist weniger einfach; es bleiben Schmerzen zurück.«

Im Mai 1922 wagt sich der neue Innenminister Kanadas ins Rathaus der Six Nations in Ohsweken.

Es ist sozusagen ein Staatsbesuch.

Die Gäste werden mit Trommeln empfangen. Mit dumpfen Schlägen, die so festlich wie bedrohlich wirken.

Charles Stewart ist ein etwas dickschädliger Mann, ursprünglich ein Farmer, der westwärts zog, nachdem sein Hof durch Feuer zerstört worden war. Heute distinguiert gekleidet in viktorianischer Manier wie alle Arrivierten: Stehkragen mit geknickten weißen Spitzen, dicker glänzender Krawattenknopf, mit elegantem Stetson.

Zwei Schritte hinter ihm, mit einer Mappe unterm Arm, die unvermeidliche Gestalt des Stellvertretenden Generalsuperintendenten. Der Mann ist dürr wie eine Bohnenstange und unscheinbar wie ein Lehrer aus der Provinz. Aber die indigenen Politiker lassen sich nicht täuschen. »Er ist der Hals, der den Kopf lenkt«, sagt Deskaheh in Irokesensprache zu seinem Nachbarn, einem Delegationsmitglied der Mohawk.

Der Mohawk nickt und deutet zu Stewart: »Mann mit weichen Augen.«

Die Pfeife wird herumgereicht, dabei wird viel geschwiegen.

Asa R. Hill begrüßt die Gäste, zu salbungsvoll, wie Deskaheh findet.

Dann trägt Deskaheh vor. Seine Rede ist ausschweifend, unerträglich lang in den Ohren der Weißen. Er beginnt also bei Adam und Eva oder der Legende über die Entstehung der Welt. Dann zeigt er einen bestickten Gürtel vor. »Wir haben gekämpft für die Königin, wir sind Verbündete gewesen. Damals, als die Krone gegen die amerikanischen Rebellen Krieg führte. Als Dank dafür hat uns die Krone unser Land hier gegeben. Uns als Verbündeten, nicht als Untertanen – wir sind keine Reservatsindianer«, sagt er, »sondern freie Menschen im Grand-River-Land.« Viele Menschen in Kanada würden glauben, der Indianer sterbe aus, schließt er. »Das ist ein

Trugschluss. Die Rothaut ist nicht in die Ewigen Jagdgründe eingegangen. Das Grand-River-Land wird aufblühen. Es wird seine Unabhängigkeit verteidigen.«

»Das mit den Jagdgründen ist gut«, sagt Scott zu seinem Vorgesetzten. »Ich werde ein Gedicht darüber verfassen.«

Die Pfeife geht weiter herum. Gemurmel und Warten.

Scott will aufstehen: »Ihr seid Untertanen des Dominions, Kanada ist seit …«

Stewart hält ihn zurück und ergreift selber das Wort. »Ich bin nicht ohne ein Geschenk gekommen«, erklärt er feierlich. »Wir werden euer Anliegen prüfen. Ich habe angeordnet, dass ein Schiedsgericht die Klagen der Six Nations untersuchen soll. Drei der höchsten Richter Kanadas sollen diesem Gericht vorstehen.«

Das Murmeln der Irokesen-Delegation lässt sich nicht übersetzen. Es klingt unzufrieden.

Dann ergreift doch der für die Indianer verantwortliche Scott das Wort. Die Gäste sollten dankbar sein, dass die Regierung ihren Anliegen so viel Geduld entgegenbringe. »Ihr sollt dankbar sein wie Kinder gegenüber ihrer Mutter, die in diesem Fall Kanada heißt.«

»Er ist in einem Pfarrhaus geboren«, sagt der Mohawk auf Englisch so laut, dass die Gäste es hören.

»Wer wird die Richter der Kommission ernennen?«, fragt Deskaheh. »Es gibt nicht so viele kanadische Richter wie Äste an einem Baum«, fährt er fort. »Und sie kommen alle aus demselben Stamm.«

»Wir werden darüber reden«, verspricht Stewart.

»Wir sind von den Briten als Verbündete akzeptiert worden«, erklärt Deskaheh, »darum gehört da auch ein britischer Richter hinein.«

Scott neigt sich zu seinem Chef. »Sie wollen, dass wir mit ihnen verhandeln wie mit einem ausländischen Staat. Aber mit den Juden im Judenviertel von Montreal schließen wir auch keinen Staatsvertrag.«

»Wir werden darüber reden«, verspricht Stewart.

Die Chiefs diskutieren unter sich. »Sonst ziehen wir aus von hier und gehen zurück in das Land, aus dem wir einst vertrieben worden sind«, sagt einer der Jüngeren, heftig gestikulierend: »Wir werden Asyl suchen in den USA. Tausend Junge werden mit mir kommen. Die Welt wird aufsehen. Kanada wird am Pranger stehen.«

Der Innenminister lässt es sich übersetzen.

Als die hohen Gäste das Rathaus verlassen, müssen sie durch ein Spalier von Frauen, die sie düster anblicken. Manche haben ein Kind im Arm. Und es scheint Scott, als würden die Mütter die Kinder auffordern, sich die Gesichter der Fremden einzuprägen.

Als die beiden wieder im Fond der Staatskarosse sitzen, sagt Stewart: »Ich glaube, wir haben aneinander vorbeigeredet. Die Rothäute sprechen vom Grand-River-Land. Aber die Leute gehören zu Kanada.«

»Ja, die Rothäute bereichern Kanada«, sagt Scott. »Mit ihren Trommeln: Throb-trob-trob-throb. Aber sie sind auch wie Kinder. Man muss sie erziehen. Sie müssen erst zu Kanadiern werden. Bleiben wird nur die Erinnerung an ihr einstiges unschuldiges Dasein. Ich könnte ein Gedicht darüber schreiben, das vielleicht so beginnt:

Trrob-throb-throb-trob.
Ist dies ein Klang von Musik
Oder ein Schmerzensruf in der Luft?
Das Universum hört das Trommeln«

Scott hält inne. »Ich werde daran feilen. Ich würde das Gedicht gern bei einem indianischen Powwow vortragen«, fügt er hinzu. »Aber vermutlich würden sie keine weißen Dichter zulassen.«

»Sind eben auch Rassisten«, sagt Stewart.

»Auch?«, fragt Scott.

»Wie manche Kanadier, meine ich«, antwortet Stewart, und um den peinlichen Moment zu überbrücken: »Nehmen Sie einen Whisky?« Er öffnet die Bar im Wageninnern, wartet Scotts Antwort gar nicht erst ab.

»Prost. Sie lieben die Indianer?«, fragt der Innenminister, und beantwortet die Frage gleich selber: »Sonst wären Sie nicht schon ein Jahrzehnt an der Spitze des Departements für indianische Angelegenheiten.«

»Sagen Sie ruhig: des Departements der Wilden«, antwortet Scott. »Ja, ich liebe sie. Und darum will ich sie ändern.« Sie fahren an einer Eisenbahnbrücke vorbei, dann an einer Mühle. »Die Politik der Regierung muss darin bestehen, die Indianer sorgsam zu schützen und zu erziehen, und wie eine Mutter beizutragen zu ihrer Zivilisierung, damit sie aufgehen können im allgemeinen Körper der Bürgerschaft.«

»Das werde ich in eine Rede aufnehmen«, sagt der Innenminister.

Der Wagenkasten schüttelt bedenklich, als er noch einmal einschenkt. »Verdammte Landstraße.« Dann scheppert das Getriebe. »Hier läuft auch nicht alles rund«, sagt der Innenminister durch die Trennscheibe zum Chauffeur.

»Ich habe eine Idee«, hebt Scott an: »Wir werden anfangen, Stammesangehörige von der Stammeszugehörigkeit zu befreien, und erklären, sie seien fortan nur noch kanadische Bürger. Etwa wenn Leute Militärdienst geleistet oder lange außerhalb der Reservate gearbeitet haben. Das ist die wirkliche Befreiung der Indianer.« Er klopft dem Innenminister auf die Schenkel. »Und dann befehlen wir den Leuten freie Wahlen. Ihre Erbchiefs gehören ins Feuer der Geschichte.«

»Ich will sie nicht provozieren«, sagt der Innenminister. Scott ist irritiert und wechselt das Thema: »Übrigens, ich habe ein Gedicht über Claude Debussy geschrieben, Sie lieben doch Debussy. Wollen Sie es hören?«

Der Innenminister nickt.

10

Die Indigenen-Chiefs diskutieren noch lange. Stundenlang. Tagelang. Wochenlang.

Es wird zu einer Volksversammlung im Langhaus aufgerufen. Mütter und Mädchen, Kind und Kegel hocken da.

»Wir müssen noch einmal zur Queen«, sagt einer; »es kann nicht sein, dass sie uns vergessen hat.«

»Lasst uns nach Washington gehen«, sagt ein anderer. »Dort sitzen Botschafter aus den europäischen Ländern. Dort können wir auch mit Frankreich und Holland reden. Die Holländer waren die ersten Bleichgesichter, die das Tal der Mohawk besucht haben. Sie sind unsere Freunde. Sie waren die Ersten, die mit unseren Völkern ein Bündnis geschlossen haben.«

»Wir wollen hören, was unser Freund George P. Decker sagt«, ruft Deskaheh und führt den Gast ein.

Rechtsanwalt Decker hat eine irre Idee. Sein Vorschlag: »Ihr müsst die Welt auf euch aufmerksam machen. Wendet euch an den Völkerbund mit euren Beschwerden!«, rät er. Und er erläutert: Der Völkerbund, der am 10. Januar 1920 gegründet wurde, sei ein Teil des Versailler Friedensvertrages, der nach dem Ende des Weltkriegs geschlossen wurde. »Europa ist jetzt voll Friedenswillen.«

Deskaheh: »Ich verstehe. Zuerst haben sie einander die Köpfe eingeschlagen. Und dann sind sie zur Besinnung gekommen. Heute reden sie von einer Welt ohne Krieg und gründen die League of Nations. Morgen machen sie wieder Krieg.«

»Die Sehnsucht nach einem ewigen Friedensreich findet sich bei den alttestamentlichen Propheten ebenso wie bei den Propheten der Indianer«, erwidert Decker; »nur geht das Wissen um die eigenen Wünsche immer wieder verloren.«

Deskaheh nickt.

Kanada, obwohl noch kein vollwertiger Staat, habe es schnell geschafft, Vollmitglied dieser Organisation zu werden. »Man muss die Kanadier wegen ihrer unwürdigen Praktiken gegenüber der kleinen Nation am Grand River vor aller Welt anprangern«, argumentiert Decker.

Wo liegt der Völkerbund? Zum ersten Mal hören einige von einer Stadt namens Genf.

Im Council wird hin und her beratschlagt. Vieles spricht für Deckers Vorschlag, einiges spricht dagegen. Soll man gerade jetzt eine höhere Instanz bemühen, wo aus Kanadas Innenministerium neue Töne zu hören sind? Weiß man, was der neue Innenminister wirklich will?

Zudem: Wie will eine arme Nationengemeinschaft von fünftausend Seelen die Reise einer Delegation nach Übersee finanzieren, die lange dauern kann? Schiffspassage, Hotel, Verpflegung, administrative Hilfe?

Deckers Idee ist nicht spruchreif, entscheiden die Chiefs. Der Innenminister hat einen Dialog in Aussicht gestellt; lass uns schauen, wie ernst er es meint.

Der Council der Six Nations beauftragt Decker aber, vorsorglich beim Völkerbund zu sondieren, ob ein Nichtmitgliedstaat, wie es die Six Nations sind, einen Mitgliedstaat verklagen kann.

Und eine Delegation der Six Nations soll den holländischen Botschafter in Washington aufsuchen. Damit dieser seine Königin informiert. Auch die Holländer haben eine Königin, die müssen sie für ihre Sache gewinnen.

Dann geschieht das, was viele befürchtet haben.

Eine Einheit Berittener dringt ins Terrain der Six Nations ein. Royal Mounted Police, das ist die Bundespolizei, in rotem Waffenrock und mit breitkrempigen Hüten. Unterstützt wird sie von einer Militäreinheit aus der nahen Stadt Brantford, den sogenannten Dufferin Rifles.

Es ist der 8. Dezember 1922, kurz vor Weihnachten. Der Stellvertretende Generalsuperintendent markiert Stärke, Duncan Campbell Scott, dessen seltsam schmaler Schädel aussieht, als sei er mithilfe einer Zangengeburt in die Welt geholt worden. Sein etwas hängendes linkes Augenlid gibt dem Gesicht den Ausdruck unendlicher Traurigkeit. Der Mann, der aussieht, wie es einem Poeten geziemt, von der Natur gezeichnet als ein feinfühliger Mann.

Was der Poet veranstaltet, ist eine Provokation.

Die Mounties dringen in die ungeheizten Häuser ein, die sie auf einem Plan markiert haben. Und irgendwann ist eine Schießerei zu hören. Ein Indianer wehrt sich. Er wurde vors Gericht geladen und ist dort nicht erschienen. Die Uniformierten schlagen auf seinen Kopf ein. Der Mann wird die folgenden Nächte im Gefängnis in der Stadt verbringen.

Warum sie schießen würden, fragt ein Chief den Einsatzleiter. Der spricht von Bedrohung. Er habe Informationen erhalten vom Büro für indianische Angelegenheiten, dass fünfzig Rothäute mit Gewehren ausgerüstet seien und bereit, gegen die legale Polizei vorzugehen. »Die Zeit der heroischen Indianer ist vorbei, Chief«, sagt der Berittene. »Jetzt fresst ihr Staub.«

»Eine Idee, geboren aus dem Nebel von Schnaps«, hört man Frauen vernehmlich sagen, sie stehen vor ihren Häusern und führen den Kampf mit Worten. »Es gibt hier keine Partisanen. Vielleicht ein paar Junge, die große Sprüche gemacht haben.«

Ein anderer, dessen Haus ebenfalls von den Berittenen durchsucht wird, ist den Schüssen entkommen. Achtmal haben die Brantforder auf ihn geschossen. Dann ist er auf einen Baum geklettert. Und beobachtet nun von dort, wie sie unten nach ihm suchen. Die Frauen können ihr Lachen kaum verbergen.

Die Polizei durchsucht auch das Haus von Levi General. Sie schieben seine Frau und die Kinder beiseite. Sie wären hineingeritten, wenn die Tür nicht zu niedrig gewesen wäre. Aber sie finden nichts. Kein Destilliergerät. Nicht eine Flasche Selbstgebrannten. Vielleicht ist nicht das Finden, sondern das Suchen selbst Zweck der Aktion.

Es ist der schwerste Übergriff kanadischer Polizei auf das Territorium der Six Nations seit Langem.

Läufer sind zu den Nachbarstämmen unterwegs, um sie über den Überfall zu informieren.

Auch den Rebellen Deskaheh haben die Mounties nicht gefunden. Er ist gewarnt worden durch weiße Freunde. Und hat in der Stadt Rochester im Süden des Ontariosees Unterschlupf bei Anwalt Decker gefunden.

Von da schreibt er an den Innenminister: »Ihr Squad und deren Offiziere sind bei Tageslicht eingebrochen und haben achtmal auf einen fliehenden alten Mann von fünfzig Jahren geschossen. Die Chiefs würden gerne hören, dass dies nicht Ihren Anordnungen entsprach.«

Der Brief ist getragen vom Glauben an die Argumente. Aber ist die Zeit der Gespräche und Anhörungen nicht vorbei?

Chief Deskaheh ist unendlich empört: »Zum Zweck, die Selbstregierung der Six Nations zu untergraben, hat die Dominion-Regierung ohne rechtliche Grundlage eine Kriegshandlung gegen die sechs Nationen verübt«, erklärt er öffentlich. Zwei Journalisten tippen in ihre Maschinen. »Das ist eine Verletzung des Bündnisvertrages vom 25. Oktober 1784, den Großbritannien mit den Six Nations abgeschlossen hat«, diktiert ihnen der Chief. »Damals hat König George III. erklärt, dass den Six Nations ihr Recht und ihre Unabhängigkeit garantiert werden sollen. Worauf sie alle ihre Waffen in der Erde vergruben.«

Das war die Botschaft der Wampums. Der gestickten Symbole auf den Bändern.

Als Juristin werde ich mir diesen angeblichen Bündnisvertrag einmal genauer anschauen. Das ist juristische Spitzenklöppelei vom Feinsten. Leider ist Völkerrecht nicht meine Stärke. Sind die Rothäute im Grand-River-Land wirklich unabhängig geblieben, als Kanada entstand?

ZWISCHENBERICHT

»Wie weit ist der Fall Deskaheh gediehen?«, stand auf dem Kärtchen. »Gruß, Ihr Antiquitätenhändler«, mit Unterschrift. Das Päckchen war am Empfang abgegeben worden. Ein Postskriptum vermerkte: »Zur Stärkung auf dem Trip ins Indianerland.« Das bezog sich auf das in Papier eingewickelte Birnenbrot.

Tatsächlich war ich noch nicht am Ziel. In der Genfer Bibliothek las ich Weiteres über die Situation im Grand-River-Land; viele Dokumente enthielten Klagen über die ungerechten Zustände. Doch das Feld der Untersuchung wird erfahrungsgemäß größer, wenn man es einmal betreten hat. Und ich hatte als Anwältin den Ruf, eine Aktenfresserin zu sein. Ich fand Hinweise auf einen zweiten Bestand von Originalakten: Anwalt George P. Decker habe seine Geschäftspapiere nicht vernichtet. Sie würden in einer Bibliothek in der Stadt Rochester, wo er gewirkt hatte, aufbewahrt. In der Lavery Library in einem St. John Fisher College. Ich schrieb die Bibliothek an und bat um Kopien. Das Unterfangen sei etwas aufwendig, da die Bestände umfangreich seien, erwiderte man. Aber die dortige Bibliothekarin sagte mir zu, dass man mir als historisch interessierter Anwältin die Akten meines Berufskollegen Decker zukommen lassen wolle. Man werde alles kopieren und schicken.

Und da gab es eine Frage, die wie ein Pfeil in meinem

Fleisch steckte und mich reizte. Warum war Deskaheh nach seinem Aufenthalt in der Schweiz so plötzlich gestorben?

»Daran hat sich noch kein Staatsanwalt gewagt«, sagte mein Antiquitätenhändler, als ich ihn zum Kaffee traf. »In unserer Familie gab es Gerüchte.«

»Was für Gerüchte?«

»Na ja.«

TEIL II

II

An den Weihnachtstagen liegt über dem Grand-River-Land eine Wolke von Trauer. Alle spüren es. Die Zuversicht ist zerbrochen. Der Glaube, es würde nach diesem Krieg, der in Europa geführt worden war, eine Ära der großen Versöhnung anbrechen, kommt ins Wanken. Was ist aus der Idee geworden, dass alle Völker sich die Hände reichen, weil sie verstanden haben, dass Maschinengewehre die Menschen nicht weiterbringen?

Auch der Stellvertretende Generalsuperintendent ist traurig. Er sieht sich nicht als Urheber der Tragödie. Er ist nur Vollstrecker einer tragischen Geschichte. So redet er sich ein. Er hat den Füllfederhalter in der Hand und schreibt ein Gedicht.

Sei stark, o kriegerische Seele. Denn bald
sind Könige nichts als Geister, vergehen Republiken
wie Regen,
Völker werden geerntet und eingesammelt wie Korn.

Ein neues Blockhaus entsteht im Indianerhauptort Ohsweken. Ein permanenter Posten der Mounted-Police-Kräfte, der Rotjacken. Für viele ist es ein Stützpunkt von

Besatzern. Oh ja, das Grand-River-Land ist von kanadischen Uniformierten besetzt.

Noch einmal schreibt Deskaheh an den Innenminister. Man hat sich über die Zusammensetzung der schiedsgerichtlichen Kommission und die Wahl der Richter nicht einigen können. Der Ton hat sich verschärft: »Weil von der Regierung eine freundschaftliche, unparteiische und objektive Schiedsgerichtsbarkeit abgelehnt wird, werden die Völker der Six Nations anderswo den Schutz suchen, der ihnen von der britischen Krone versprochen worden ist.«

Der Innenminister sucht immer noch eine Lösung. Er hält am Schiedsgerichtsverfahren fest. Er schreitet auf und ab und trägt dem Indianerbeauftragten seine Überlegungen vor: »Dass die Rothäute ablehnen, gehört zum Spiel. Sie wollen britische Richter im Kollegium, weil nur die unparteiisch seien.« Er will kanadische, weil nur die loyal sind. »Eine kleine Differenz, die man bereinigen wird. Die Rothäute haben gedroht, sie würden sich an den Völkerbund wenden. Das allerdings könnte der Reputation Kanadas schaden. Ein junger Staat, dessen Weste schon befleckt ist, macht sich nicht gut.«

Scott: »Wir werden ihnen das Geld verweigern, auf das sie Anspruch haben. Geld aus indianischen Fonds, die wir kraft unserer Gesetzgebung verwalten. Sie werden schon nachgeben.«

Stewart: »Geld ist immer ein wirkungsvolles Druckmittel. Gerade bei Leuten, die wenig davon haben. Auch bei Rothäuten, da bin ich mir sicher.«

Scott nickt. »Geld und von Zeit zu Zeit eine Prise Pulver in den Arsch.«

Der Silberstreifen Hoffnung, den die Indigenen noch

sehen, zeigt sich jenseits des Meeres. In der internationalen Friedensorganisation. Sie kommen auf den Vorschlag zurück, sich an den Völkerbund zu wenden. Anwalt Decker hat schon klare Vorstellungen vom Vorgehen: Man solle versuchen, sich mit der Frage nach dem Status der Six Nations an die Vollversammlung des Völkerbunds zu wenden, diese könnte den Konflikt weiterreichen an den Gerichtshof in Den Haag. »Als nicht anerkannter Staat können sich die Six Nations nicht direkt an den Gerichtshof wenden; erst brauchen sie die Anerkennung der Staatlichkeit ihres Gebildes und der zwischenstaatlichen Natur der Auseinandersetzung. Das muss die Vollversammlung beschließen. So bestimmt es der Artikel 17 der Völkerbunds-Verfassung, die Covenant genannt wird.«

Deskaheh hat dieses juristische Argument schon hundertmal gehört und pflichtet dem Anwalt bei. »Es ist zu spät für Verhandlungen mit Ottawa«, sagt er. »Sie haben die Brücken zerstört. Wir werden jetzt die internationale Front eröffnen.«

Erstaunlicherweise stellt sich auch die Mehrheit der christlichen Chiefs auf die Seite von Deskaheh. Und die wichtige Vereinigung der Mohawk-Arbeiter, die fortschrittlich gesinnt sind. Sie alle wollen unabhängig sein von Kanada, wenn auch vielleicht aus unterschiedlichen Motiven.

Die Delegation, die vor einigen Monaten in Washington weilte, um mit dem holländischen Botschafter zu sprechen, hat nichts Greifbares zurückgebracht. Gerüchte sagen allerdings, dass es hinter den Kulissen rumore. Die Petition sei von den Holländern an Sir James Eric Drummond, den Generalsekretär des Völkerbundes, weitergereicht worden. Sie hätten sich aber nur als Briefträger betätigt, wie die Niederländer entschuldigend einräumten, und nicht im Sinne einer Stellungnahme.

Doch damit das Anliegen nicht still und heimlich in den Mühlen des politischen Betriebes zerrieben wird, muss man selber nach dem Rechten schauen. Die Indianer müssen über den großen See. In diese Stadt, die Genf heißt. So kommt die Mission zustande.

Asa R. Hill ist dagegen. Aber er ist als Sekretär des Rates vor einigen Monaten abgesetzt worden. Denn er hat interne Briefe an die kanadischen Behörden weitergeleitet. Damit hat er die Stammessolidarität verletzt. Deskaheh hat mit Hills Absetzung den Machtkampf im Rat gewonnen.

So wird beschlossen: Der Council der Six Nations ermächtigt Deskaheh, den Fall vor den Völkerbund zu bringen und vor den Gerichtshof in Den Haag als Organ des Völkerbundes.

»Wir werden diese neue Vergnügungsreise sicher nicht finanzieren«, schimpft Scott, als er von Asa R. Hill erfährt, was geplant ist. »Auch nicht aus dem Fonds der Gelder, die den Rothäuten gehören. Sollen sie ihren Luxus aus dem eigenen Sack bezahlen.«

»Er führt sich wie ein Diktator auf«, sagt Asa R. Hill. Er, das ist Chief Deskaheh. Hill, obwohl nicht mehr Sekretär des indianischen Rates, wirkt in jener Strömung mit, die den Erbchiefs die Hörner abhauen will. Er tritt auf als Demokrat und Erneuerer im Grand-River-Land. Er ist jetzt Sekretär einer Oppositionsgruppe, die sich »Loyalistische Partei« nennt. »Man muss ihn verhaften. Oder einen neuen Rat aufbauen.«

Deskaheh lebt nun definitiv im US-amerikanischen Rochester im Exil, in einer Stadt mit dampfenden

Kaminschloten, hier ist er vor dem Zugriff kanadischer Polizeikräfte sicher. Zusammen mit Anwalt Decker bereitet er die neue Mission vor, die ihn an die Ufer des Genfersees führen wird. Dokumente zusammenstellen. Maschinenschreiben üben. Geld organisieren. Fünftausend kanadische Dollar sind aus einem Fonds der Six Nations bereitgestellt worden. Und dann heißt es: die traditionelle Pfeife einpacken. Die Schreibmaschine kann man dalassen, drüben gibt es genug von diesen Geräten.

Die kanadischen Polizeikräfte schlagen derweil Wurzeln im Grand-River-Land.

Ende August 1923 kommen der Irokesenchief Deskaheh und sein Anwalt Decker in Genf an. Die Reise hat sie zuerst noch einmal nach London geführt. Nach Gesprächen mit Menschen, die ihnen wohlgesinnt sind, haben sie dort ein Manifest geschrieben, das sie »Appell der Rothaut für Gerechtigkeit« nennen. »Redman's Appeal for Justice«. Dann gehts über den Kanal. Auf dem europäischen Kontinent ist Deskaheh noch nie gewesen. Man fährt mit dem Zug via Paris nach Genf. Jetzt stehen die beiden vor dem Bahnhof. Zum Hotel gehen sie zu Fuß, es liegt gleich gegenüber.

Genf ist sichtlich eine Stadt im Aufbruch. Auf dem Bahnhofsplatz ein Gewirr von Händlerinnen, die Blumen am Boden ausgebreitet haben. Gut gekleidete Damen weichen beim Überqueren der Straße sorgsam den Pferdeäpfeln aus. Knatternde Automobile transportieren Baumaterialien von hüben nach drüben. Fuhrwerke mit Brennholz und Kohle versperren den Weg. Straßenbahnen kreischen, bimmeln, verlangen Durchlass.

Das ist also Genf, der Bundessitz der League of Nations, des Völkerbundes.

Von Anfang an entfalten die beiden eine ungeheure Geschäftigkeit. Im September beginnt die vierte Versammlung des Völkerbundes. Es gilt, Diplomaten zu kontaktieren. Decker hat ein Bündel mit Adressen von Leuten, die gewiss die Sache der Indigenen unterstützen werden. Die beiden sitzen im Garten des »Hotel des familles«, auf der Seeseite des Bahnhofs. Mühsam tippt Deskaheh in eine Maschine. Lieber redet er.

Er kennt die sechs Sprachen der Nationen am Grand River, aber das nützt hier nichts. Sein Englisch ist eigenartig, er weiß es. Es ist vom Satzbau der indigenen Sprachen geprägt. So lässt er gern die Verben weg. In den Augen von sprachstolzen Engländern gilt er als ungebildet.

12

Dass Genf einen See und einen großen Fluss mit vielen Brücken hat, freut Deskaheh. Da ist auch ein großer Springbrunnen beim Hafen, wo die gold-weißen Schiffe anlegen. Er wandert ein Stück flussaufwärts bis ins Grüne. Er sieht die Strudel, sieht die Fische, die man von Hand fangen könnte, sieht bei der Rückkehr auf der anderen Uferseite Händler und Händlerinnen, die Fische verkaufen. Eine Brauerei fällt ihm auf, die mit ihrer Backsteinarchitektur an sein heimisches Rathaus erinnert. Bebilderte Plakate werben für Uhren, »Utiles et non futiles«. Zeit scheint wichtig zu sein in dieser Stadt. Manch ein

Herr trägt eine edle Kette an seiner Weste. Doch versteckt in den Hinterhöfen sieht er viel Elend. Buben ohne Schuhe und Mädchen in schmutzigen Röckchen.

Decker und Deskaheh haben sich im Wintergarten eines Cafés verabredet. Nun bestimmen sie die Reihenfolge, in der sie Leute kontaktieren wollen. Deskaheh würde am liebsten einfach in ein Büro hineinmarschieren und zu reden beginnen. Im Café trägt er vor, was er sagen will. Decker zeigt diskret auf einen Gast im Hintergrund. »Hier haben die Wände Ohren.«

Als literarisch interessierte Juristin habe ich natürlich Somerset Maughams Short Stories gelesen. Ich kenne die Geschichten über »Ashenden«, den Agenten der britischen Regierung im Ersten Weltkrieg. Maugham schrieb sie, als er selbst für den britischen Geheimdienst arbeitete, in Genf, wo der Schriftsteller Diplomaten und Agenten traf und sie aushorchte. Und einmal in der Woche fuhr er mit dem Dampfschiff bis nach Thonon am französischen Ufer, um seine Geheimdienstberichte zu übermitteln. Pikantes Detail: Die französischen Grenzer hatten den Auftrag, seinen Pass nicht zu stempeln, es sollte so aussehen, als hätte er auf seiner Fahrt die Schweiz gar nicht verlassen.

In einer von Maughams Geschichten nimmt eine Dame einen Herrn mit aufs Zimmer und schüttet ihm ein Schlafmittel ins Glas, später ist seine Aktentasche verschwunden. Ein Protagonist in einer anderen Geschichte kann sich durchaus vorstellen, dass er eines Tages mit einem Messer im Rücken im Genfersee treibt. Und in der Erzählung »Giulia Lazzarri« wird ein Aufrührer, der gegen die britische Oberherrschaft in Indien kämpft, aus der neutralen Schweiz über den Genfersee gelockt, um ihn durch den französischen Geheimdienst liquidieren zu lassen. Maughams Erzählungen werden von Kennern des Fachs Spionage als realitätsnah beschrieben.

Genf ist auch im Frieden ein geheimdienstlicher Kriegsschauplatz. Jede Länderdelegation, die an den Versammlungen des Völkerbundes teilnimmt, will die Position der anderen kennen, noch ehe sie verkündet wird. Dann kann sie den nächsten Schachzug in Ruhe vorbereiten. Aber vielleicht habe ich eine zu üppige Fantasie. Ein indianischer Anführer ist kein indischer Aufrührer. Die Indianer waren für das Empire und seinen Geheimdienst MI6 wohl zu unwichtig.

Wenn man einen Chief sprechen will, klopft man an seine Haustür und ruft ihn heraus; so einfach ist das in Ohsweken, wo Deskaheh herkommt. Nun will er den Völkerbunds-Generalsekretär Sir James Eric Drummond treffen, einen smarten Briten, der im Außenministerium gearbeitet hat. Als Brite müsste er ein Verbündeter sein. Vielleicht ist er ein Gegner.

Das Hauptquartier des Völkerbundes befindet sich in einem Gebäude, das Salle de Réformation heißt, erbaut als Kongresshaus im 19. Jahrhundert. Der wuchtige, fast fensterlose Bau gleicht von außen einem Kornmagazin. Drinnen soll es einen riesigen Plenarsaal voller Pulte und Stühle geben, außerdem eine Tribüne für das Präsidium und die Sekretäre sowie eine doppelstöckige Galerie, welche den Saal einfasst und die Journalisten und Gäste aufnimmt. Ein Fotoreporter, der dort Bilder gemacht hat, erzählt es Deskaheh. Das Ganze wirke wie ein modernes Opernhaus; hineingelassen wird Deskaheh leider nicht. Er muss es sich vorstellen. Und er erfährt im Gespräch, dass Genf einmal ein Zentrum christlicher Revolutionäre gewesen sei und dass ihr Geist die Stadt weiterhin durchdringe.

Im beleuchteten Raum im Haus nebenan sind schattenhafte Bewegungen zu sehen, durch das geöffnete Fenster hört man Schreibmaschinengeklapper. Ein Schild besagt, dass hier der Generalsekretär des Völkerbundes zu finden sei.

Der Gesandte der Six Nations klingelt an der Tür und tritt mit einer Mappe unterm Arm auch schon über die Schwelle. Eine Dame sitzt im Büroraum. Der Besucher stellt sich vor und verneigt sich. An einem Stehpult blättert eine weitere Frau in Dokumenten. Weiter als bis zu diesem ersten Büro kommt er nicht. Sir Drummond sei leider nicht da. Monsieur möge Gesuche schriftlich einreichen.

Als er erklärt, dass er ein Gesandter der First Nations aus dem Grand-River-Land sei, bemerkt die Dame am Stehpult vorwitzig: »Warum nicht gleich ein auf die Erde gesandter gefiederter Engel.« Deskaheh schaut sie verärgert an. Dann realisieren die beiden, dass der Mann keiner der üblichen Bittsteller sein kann, die mit einem hoffnungslosen Gerichtsfall an der falschen Tür anklopfen.

Deskaheh bittet, dem Präsidenten der Versammlung den »Appell der Rothaut« zu überreichen, den er aus einer Mappe zieht. An Herrn Drummond habe er das Manifest schon von London aus geschickt.

Die Dame am Pult hat offenbar davon gehört. Sie versucht, ihren Fauxpas durch eine kumpelhafte Bemerkung wiedergutzumachen: Sie habe die Broschüre vor einigen Tagen aus einem Stapel Post gezogen und in die Hand genommen. Es müsse ja Schlimmes drinstehen. Herr

Drummond sei ziemlich sauer gewesen. Dann hält sie die Hand vor den Mund und kichert.

Obwohl er unverrichteter Dinge aus dem Gebäude hinaustritt, ist Deskaheh gut gelaunt. Das lässt sich nicht schlecht an, nun hat er schon mit Vorzimmerdamen Bekanntschaft gemacht.

Sein Nachmittagsgang führt zum Internationalen Büro für die Verteidigung der Indigenen. Empfang zum Kaffee, so ist es abgemacht. Anwalt Decker wird sich dazugesellen. An der Spitze des Vereins stehen ein Herr Claparède – altes Genfer Geschlecht, hat Decker gesagt –, ein Herr Pictet, ein Herr Junod. Ihr Büro liegt in einer Altstadtgasse nahe der Kathedrale.

Es empfängt dann Monsieur Henri-Alexandre Junod, an seiner Seite zwei Komiteemitglieder. Junod ist ein sympathischer alter Mann mit einem Kopf, der eigenartig klein geraten ist und verlängert wird von einem schlohweißen Spitzbart; das Gesicht ist von Kerben durchzogen, welche Nasenflügel und Augen listig umspielen, und über die Stirn hängt eine weiße Haarlocke.

Deskaheh schaut sich um, als Decker eintrifft und von Herrn Junod an der Salontüre begrüßt wird. Auf dem schweren Schreibtisch des Präsidenten liegt ein dunkel eingebundenes Buch, die Bibel, wie der Prägedruck verrät. An der Wand dahinter hängt ein Foto, offensichtlich Herr Junod selber in jüngeren Jahren. Neben ihm auf dem Bild schwarze Männer, die Schild und Speer tragen.

Decker erklärt Deskaheh halblaut, Herr Junod sei ein Pastor, der als Erster im südlichen Afrika die Bibel für die Eingeborenen übersetzt habe. Junod nickt: »Ich war Prediger der unabhängigen Kirche im Val de Travers«, und als Deskaheh fragend aufblickt, ergänzt er: »Einem

Tal hinten in den Hügelketten des Jura.« Er legt eine üppige Uhr auf den Schreibtisch und erklärt, dass sie aus der Werkstatt stamme, die seine Familie dort betreibe. Aus jenem Tal sei er ausgebrochen. Bei der Vorbereitung auf seine Stelle als Missionar und Arzt habe er dann in der schottischen Hauptstadt Edinburgh Englisch gelernt, erzählt er leutselig. Seit ein paar Jahren sei er nun wieder zurück in der Schweiz.

Junod kommt zur Sache: »Unsere Vereinigung hat sich die Aufgabe gestellt, die von Ausrottung bedrohten Völkerstämme zu schützen. Namentlich die anatomisch und kulturell auf niedrigster Stufe stehenden, wie die Buschmänner«, erklärt er. »Darum nennen einige unseren Schutzbund ›Das Schwarze Kreuz‹. Wir beschäftigen uns vorwiegend mit den Eingeborenen Afrikas. Aber wir könnten auch die Indianer Nordamerikas in unser Portefeuille aufnehmen«, erklärt er großzügig. »Alle Völker; wir sind dem Völkerbund affiliiert und treten dafür ein, dass alle Völker diesem großartigen Bund angehören können.«

Unvermittelt steht er auf, öffnet einen Schrank und holt einen Gegenstand heraus, der sich als Pfeifen-Tomahawk entpuppt. »Ich weiß nicht, ob wir das jetzt rauchen müssten«, sagt er. »Wir bauen derzeit ein Museum auf. Dieser Tomahawk wurde einem Botschafter der helvetischen Konföderation und Vorfahren unseres Präsidenten Monsieur Claparède vom späteren US-Präsidenten McKinley überreicht.« Deskaheh zeigt echtes Interesse. »McKinley wurde dann ja ermordet«, fährt Junod fort. »Aber von einem Weißen, und nicht mit einem Tomahawk. Die Rothäute sind ja wie alle Völker friedlich, wenn man sie nicht reizt.« Später, bei einem Gang durch die Sammlung, könne er ihm noch eine Maske der Gesellschaft des falschen Gesichts zeigen, die aus der Kultur der Haudenosaunee stamme – »Sie gehören doch diesem Volk an?«

Deskaheh fragt nicht: Wer hat unserer Medizin-Vereinigung dieses Falschgesicht abgeluchst?

Er fragt in seinem einfachen Englisch: »Kann man eine große Versammlung mit dem Volk von Genf machen, auf der ich unsere Lage darlege?«

»Genau das war mein Vorschlag«, antwortet Junod. »Versammlungen und eine Pressekampagne. Die Zeitungen müssen darüber berichten. Die Öffentlichkeit muss auf Sie aufmerksam werden. Es besteht ein ungeheures Interesse an Naturvölkern. Sie müssen Interviews geben. Dann wird auch der Völkerbund Sie bereitwillig empfangen.«

Decker sagt etwas vom Gang zum Gerichtshof. Junod wischt den Einwand beiseite: »Recht erhält man selten von einem Gericht. Recht erhält man durch Macht. Bauen Sie die öffentliche Meinungsmacht auf. Beginnen Sie mit unserer Generalversammlung Ende des Monats. Ich lade Sie ein, da zu sprechen.«

Man ist schnell bei den Details. »Wie möchten Sie angesprochen werden?«, fragt einer der Herren. »Chief Deskaheh«. Ob das gut ankomme in der demokratischen Schweiz, dass einer Chief sei, fragt das Komiteemitglied nach. Junod nickt: »Die Schweizer lieben Hierarchien, darum bewundern sie die nicht hierarchischen freien Menschen so sehr.«

Anschließend wird noch ein wenig politisiert. Man redet über die Turbulenzen, in denen der Völkerbund steckt, weil Italien die Insel Korfu besetzt hat und diese nur widerwillig räumen will. Und dass der Schweizer

Außenminister ausgerechnet in dieser schwierigen Situation für das Präsidium des Völkerbundes kandidiert habe, wo ja die Schweiz neutral sei. Was man sich bei ihrem Beitritt ausdrücklich habe garantieren lassen. Decker hat davon gelesen; allerdings sei das Mitglied der Schweizer Landesregierung dann nicht gewählt worden.

Und dann führt Junod durch die Sammlung, die sich in einer Villa namens Mon Repos befindet. Gravitätisch schreitet er von Vitrine zu Vitrine. Fotos von Eingeborenen: »Wir versuchen, das ursprüngliche Leben der Stämme zu zeigen«, erläutert Professor Junod. Auf einigen Fotos ist Junod selbst zu sehen, wie er, offenbar in Afrika, mit einem Schmetterlingsnetz durchs Unterholz spaziert. Und Menschenknochen sind da, was Deskaheh schaudern lässt. Wenn das seine Vorfahren wären. Junod beachtet die Verunsicherung seines Gastes nicht und fährt fort: »Ein Bild sagt mehr als tausend Worte; wir werden auch von Ihnen Bilder brauchen.«

13

Anwalt Decker von der Delegation der Irokesen hat dann Herrn Drummond doch noch angetroffen und drei Minuten sprechen können. Ein jugendlich wirkender Herr mit Schnauzer sei es, mit rundem, weichem Kinn und sorgfältig über den Kopf gekämmtem hellen Haar. Er könne die Frage des Grand River nur aufs Traktandum setzen, wenn ein Mitgliedstaat das verlange, ließ dieser verlauten. Der Schwarze Peter – in diesem Fall ein roter Häuptling – wird also weitergereicht. Der Völkerbund hat anderes zu tun. Es brennt nicht nur in Korfu. Es brennt auch im Ruhrgebiet, das von französischen und belgischen Truppen besetzt worden ist. Überall versuchen die Regierungen, Landkarten zu verändern, und greifen zu, wenn sie glauben, Ansprüche erheben zu können. Und in Bulgarien soll eine Revolution ausgebrochen sein. Weiß Gott keine Zeit für die letzten Mohikaner. Ein Platz auf der Galerie wird der Irokesendelegation verweigert.

Anwalt Decker kann nicht warten, bis seine Arbeit Früchte trägt. Zu Hause wartet seine Kanzlei. So reist er zurück, drei Wochen, nachdem die beiden in Genf eingetroffen sind. Ohnehin geht die Herbstsession des Völkerbundes zu Ende. Diese hat niemandem viel gebracht.

Deskaheh wird zum Stadtwanderer. Marschieren tut gut. Die Straßenbahn benutzt er selten. Die Droschken noch weniger. Der Stadtwanderer wundert sich über die vielen Verkehrsunfälle. Wie oft sieht er auf Kreuzungen schräg stehende, ineinander verkeilte Wagen, eingedrückte Kotflügel, aufragende Kühlerhauben, ein umgestürztes Pferdefuhrwerk.

Immer wieder kommt er auf seinen Spaziergängen an der Salle de Réformation und an der Tür des Völkerbundsekretariats vorbei. Die verantwortliche Dame im Sekretariat kennt den Mann mit dem saloppen Anzug und dem Bäuchlein mittlerweile; manchmal trägt er zum Straßenanzug Mokassins. Vielleicht hat sie Mitleid mit ihm. Deskaheh fragt nach der Dame, die er bei seinem ersten Besuch hinten am Stehpult sah, und erfährt, dass sie nur aushilfsweise da sei und immer nur dann komme, wenn die eigenen Übersetzer überlastet seien.

Junod hat recht gehabt, man muss die Öffentlichkeit mobilisieren. Bald erscheint in der Genfer Presse der erste Artikel. »Rothaut und Bleichgesichter«, titelt die Tribune de Genève. Und bald ist auch eine Ankündigung unter »Réunions et Conférences« zu lesen: »Der große Häuptling Deskaheh wird die Forderungen der Irokesen in einer öffentlichen Versammlung in der Salle Centrale präsentieren.«

Der Herbst ist da. War es gestern noch sehr heiß, weht heute ein kühler Wind und schüttelt die Bäume. Auf den nahen Hügelkämmen liegt, wie von Konditoren aus der Spritztüte hingetupft, etwas Schnee. Die Session des Völkerbundes ist zu Ende. Vor allem die Wochenenden sind öde. Es beginnt die Einsamkeit des Indian Chief. Die Diplomaten sind jetzt alle beschäftigt mit abendlichen Gesellschaften und Ausflügen mit Freunden. Sie werden Zigarren rauchen, mit Damen schäkern, Drinks zu sich nehmen, tanzen. Das gehört zu einem diplomatischen Kongress. Doch ist das nicht Deskahehs Welt. Er vermisst seine Familie.

Am Samstag besucht er den Markt in der Vorstadt Plainpalais. Da ist jedenfalls viel Leben. Marktleute, die ihre Ware auslegen. Das fahrende Volk der Ratten- und Mausefallenhändler, Kesselflicker. Ein Schausteller mit einem feixenden Äffchen. Einachsige Holzwagen, kreuz und quer abgestellt. Im flanierenden Publikum Bessergestellte: Eine Dame mit einem Fuchs um den Hals. Buben mit Cape und Matrosenuniform. Mädchen mit lustigen Tellerhüten. Plakate werben für Veranstaltungen im Velodrom: Radrennen, Schlittschuhlaufen, ein Boxkampf. Deskaheh spaziert bis zum Städtchen Carouge jenseits der Brücke, ein geschäftiger Ort. Da steht die

Fabrik eines gewissen Charles Chirat, der offenbar Essig produziert, wie auf dem Firmenschild zu lesen ist. Und er bewundert die Fassade einer Manufaktur für ägyptische Zigaretten mit dem Markennamen »Sato«. Eine Weltstadt, dieses Genf.

Er hat die städtischen Bauten hinter sich gelassen und trinkt Wasser aus einem Brunnen, an dem sich schwarzweiß gefleckte Kühe laben. Holstein-Friesen, er kennt die Rasse. Es gibt sie seit einiger Zeit auch in Kanada, die Tiere sind robust und geben viel Milch. Er begrüßt die Viecher mit seltsamen Rufen, die an einen Alpsegen erinnern. Und vollführt einen Tanz, der eine Bäuerin zum Lachen bringt, der Indianerchief lacht zurück.

Am Sonntag besucht er die Kathedrale, die unübersehbar auf dem Stadthügel steht. Ihr grün in den Himmel ragender Turm sieht aus wie die verzierte Spitze einer Lanze. Andächtig hört er Chormusik und Orgelstücke. Während draußen die Glocken schlagen. Er betrachtet die hochstrebenden Bögen, die weit oben spitz zusammenlaufen. Die Kathedrale ist auch ein Langhaus. Die Kanzel ist reich geschnitzt. Er staunt über die farbigen Fenster in einer seitlichen Kapelle. Der Pfarrer auf der hölzernen Kanzel redet lange. Die Sängerinnen haben hübsche helle Stimmen.

Sie singen christliche Lieder und Hymnen. Das ist die Botschaft ihres Gottes. Deskaheh bleibt mit geschlossenen Augen sitzen, als die Leute dem Ausgang zustreben und die Angehörigen des Chors sich unter die Gemeinde mischen. Da wird er von einer Frau angesprochen: »Der Gesandte der First Nations«, hört er sie sagen. Er erkennt die Dame mit den feinen Gesichtszügen und den langen gewellten Haaren sofort. Es ist die Frau, die im Sekretariat des Völkerbundes als Aushilfe arbeitet.

»Sie haben mitgesungen?«, fragt er. Die Dame nickt: »Mein Vater ist der Dirigent des Chores und Direktor der Société de Chant Sacré. Sind Sie allein hier?«

Kurz darauf plaudern sie zusammen in einem Café. Die Dame sprudelt. Ihr Vater sei auch Komponist und seit Jahrzehnten Organist der Kathedrale. »Ein strenger Vater«, fügt sie lachend hinzu. »Eigensinnig. Er kommt halt aus den Bergen, Graubünden.« Sie aber sei mit den Bergen nicht mehr verbunden. Es ziehe sie hinaus in die Welt.

Ein hübsches Gesicht mit frischen Augen und heiterem Lächeln. Sie ist vielleicht dreißig Jahre alt, nicht mehr ganz jung. Er kommt sich mit seinen fünfzig dennoch wie ein alter Mann vor. Sie stellt sich verspätet vor: »Madame Barblan, pardon; Hedwige Barblan.« Deskaheh fragt nach ihrem Beruf, und seine neue Bekanntschaft gibt bereitwillig Auskunft. Sie erteile Kindern von Engländern, meist aus dem diplomatischen Dienst, Französischunterricht. Und sie nehme Aufträge an als Übersetzerin. Ja, darum sei sie gelegentlich im Sekretariat des Völkerbundes anzutreffen. »Und wie steht es um das Anliegen der Six Nations?«

Deskaheh erzählt von der bevorstehenden Generalversammlung des Indigenenbüros und von einer großen öffentlichen Versammlung, wo er auftreten soll. Dass er Rückschläge verschweigt, hat sie schon begriffen. »Wenn ich Ihnen helfen kann, eine Rede in die richtige englische Form zu bringen, brauchen Sie es nur zu sagen«, bietet sie ihm an. Deskaheh antwortet stolz: »Ich spreche frei, Madame. Es ist mein Beruf bei den Six Nations.«

»Ich habe noch nie einen lebenden Indianer gesehen«, sagt Hedwige Barblan.

Deskaheh lacht. »Für viele Weiße ist nur ein toter Indianer ein guter Indianer.«

Monsieur Henri-Alexandre Junod hält sein Versprechen. Ende des Monats lädt er Deskaheh zur Generalversammlung des Indigenenbüros ein. Ein gediegener Saal, locker bestuhlt mit Empiremöbeln. Auch hier finden sich erstaunlich viele Frauen ein. Unter ihnen ist auch Mademoiselle Hedwige Barblan, wie er mit Freude bemerkt.

Die Rothaut erscheint im Theaterkostüm. Er würde sagen: im Diplomatenkostüm. Einer Journalistin des »Journal de Genève« läuft ein Schauer über den Rücken. Sie glaubt, in diesem Gast »einen der schönsten Träume unserer Kindheit« verkörpert zu sehen.

Junod leitet ein: »Ich habe mich mit der Natur beschäftigt. Ich habe als Kind Pflanzen gesammelt, gepresst und katalogisiert. Ich kenne die Entwicklung der Arten. Ich habe die Neger studiert in Afrika. Sie verkörpern eine frühe Stufe unserer Gesellschaft. Heute geht der Kampf der Arten weiter, und zwar unter den Menschen selbst. Es ist die moralische Christenpflicht, dass wir uns im ungleichen Kampf fürs Überleben auf der Seite der Schwachen engagieren.«

Anschließend hält Eugène Pittard, Doyen der Völkerkundler in Genf, einen längeren Vortrag über die Irokesen. Er erklärt, warum die Leute Irokesen heißen. Dass sie nämlich ihre Reden mit den Wörtern »hiro« und »kone« zu beschließen pflegten. »Hiro« bedeute »Ich habe geredet«, und »kone« sei ein Ausdruck der Freude oder der Trauer. »Die beiden Wörter verschmolzen, französisch ausgesprochen, zu ›Iroquois‹«.

Schütteres Klatschen, Deskaheh antwortet mit der Andeutung einer Verneigung und hält eine Hand vor die

Brust. Er hat ein Köfferchen mitgebracht, das er auf dem Pult platziert und feierlich öffnet. Stück für Stück präsentiert er seine Mitbringsel. »Ich bin der Sprecher des Rats der Six Nations, des ältesten heute existierenden Völkerbundes«, beginnt er in behäbigem Yankee-Englisch.

Er zeigt ein Pergament vor, das die Ansprüche der Six Nations beweisen soll. Zeigt den Wampum mit den Muschelperlen. Eine Pfeife, die er sogar herumgehen lässt.

Eingraviert sind die Figuren eines Engländers und eines Indianers, man erkennt sie an Hut und Haube.

Mit ausladenden Gesten, wie er es im Rat zu tun pflegt, erläutert Deskaheh die Geschichte seines Volkes.

Das Dokument, das er bei sich hat, ist das Original jenes Vertrages von 1784, in dem die Briten ihren indigenen Kriegsalliierten, den Mohawk und allen Six-Nations-Indianern, das Land am Grand River überlassen, ohne dabei deren Unabhängigkeit infrage zu stellen. In gut lesbarer Laufschrift von einem Schreiber aufs Papier gebracht. Unterzeichnet hat es, im Namen von König George III., General Frederick Haldimand, der damalige Gouverneur von Quebec, der auch über das Gebiet von Ontario und weite Teile des Westens regierte, mit Datum vom 25. Oktober 1784. Es handle sich um das Exemplar, das in einer Blechbüchse wohlbehütet im Tresor des Rathauses der Six Nations aufbewahrt werde. Er, Deskaheh, sei vom Rat in Ohsweken zum Wächter dieses Dokuments ernannt worden. Das Papier werde auch Haldimand-Grant genannt.

Ich habe natürlich gestutzt. Haldimand? – Wie Haldimann, mein Mädchenname? Und habe weitergegraben. Fazit: Dieser Gouverneur Haldimand könnte ein Vorfahre sein. Auch wenn die überlieferten Stammbäume nicht alle Verästelungen zeigen und keinen Friedrich oder

Frederick Haldimann/Haldimand aufführen. Dass einige arme Haldimanns nach Amerika ausgewandert sind, ist aktenkundig. Möglich, dass der eine oder andere dort beim Militär Karriere gemacht hat. Eine Urahnin soll drüben sogar skalpiert worden sein, erzählte man in unserer Familie. Frederick Haldimands Vorvorfahren kamen jedenfalls aus derselben Gegend wie mein Vater, aus dem Emmental. Eggiwil.

Das hat zwar alles keine Bedeutung. Berührt hat es mich trotzdem. Ein Schweizer hat den Irokesen zu ihrem Land verholfen. Einer meiner Vorfahren.

Offenbar bestand seitens der Briten damals die Idee, mit dem Indianerland bei den großen Seen eine Art Pufferstaat zwischen den USA und Kanada zu bilden, schreibt ein Staatsrechtler, der das Dokument publizierte.

Die Teilnehmer der Versammlung des Indigenenbüros verstehen den Sinn der bestickten Bänder nicht genau. Vielleicht macht das die Objekte noch eindrücklicher. Als wären es Steine mit Hieroglyphen oder Schrumpfköpfe von einer indonesischen Insel.

Dann beschließt die Versammlung, einen Ausschuss zu gründen, der sich Irokesenkommission nennen soll. Die Engländerin Fleming-Gyll hat das Herrn Junod in einem Schreiben so vorgeschlagen. So geschieht es. Junod will selber mitwirken. Eugène Pittard ist dabei, der erste Professor, der den Genfer Lehrstuhl für Anthropologie innehat. Und seine Frau, die Genfer Journalistin und Schriftstellerin Hélène Dufour. Als Sekretärin wird eine Missionarin a. D. gewählt. Arbeiten werden verteilt. Fleming-Gyll hat angeboten, Landkarten zu zeichnen, welche das unabhängige Irokesengebiet und den Staat Kanada zeigen.

Zum Schluss stellen sich die zwei Dutzend Teilnehmerinnen und Teilnehmer für eine Gruppenaufnahme vor dem Tagungsort, dem Palais de l'Athénée, auf. Das Foto findet sich in den Akten.

14

Immer zahlreicher wurden die Dokumente, die ich über den Besuch Deskahehs in Genf fand. Es gab auch einen Bericht über die erste Großveranstaltung, die wenige Tage nach Gründung der Irokesenkommission durchgeführt wurde.

Organisiert wurde sie vom Indigenenbüro, zusammen mit der Young Men's Christian Association, einer internationalen Jugendbewegung, die in Genf gegründet worden war; die Begeisterungsfähigkeit der Jugend sollte in den Dienst des Glaubens gestellt werden.

Man hat eine Art Volkshaus im Stadtzentrum gemietet, mit einem Veranstaltungssaal, der einige Hundert Leute fasst. Viele finden dennoch keinen Platz. Mit der zunehmenden Verstädterung nimmt auch das Interesse an den Urvölkern mächtig zu. Ein Ordnungsdienst lenkt die Besucherströme. Durch den Abend führt die Schriftstellerin Noelle Roger.

Pfadfinder sind da. An reservierten Tischchen sitzen Vertreterinnen und Vertreter der Presse; aber kein einziger Funktionär des Völkerbundes hat den Weg in die zentral gelegene Rue de la Rôtisserie gefunden. Vermutlich ist unter den Anwesenden auch ein gewisser Herr Ashenden vom Geheimdienst Ihrer Majestät, seine Anwesenheit ist leider nicht bezeugt.

Monsieur Derso, ein bekannter ungarischer Karikaturist, der alles mit spitzer Feder kommentiert, was rund um den Völkerbund passiert, berichtet: »Ich brach an diesem Abend auf, um meinen ersten amerikanischen Indianer zu sehen. Er saß in der Garderobe, ausgestattet mit all seinen Regalien. Ich machte ein paar Skizzen von ihm. Er hatte nicht das typische indianische Profil, die Nase nicht diesen Höcker vom Typ Adlernase, den ich erwartet hatte. Seine Augen waren müde, und ich entdeckte eine große Melancholie in seinem Ausdruck.«

Weiter im Bericht des Karikaturisten Derso:

»Deskaheh betrat den großen Saal unbefangen und würdevoll. Es wurde gekichert, er war im traditionellen Aufzug des Chiefs der Cayuga-Nation erschienen, trug aber einen enormen gelben Koffer mit sich, den er sorgfältig auf dem Tisch platzierte. ›Warum zur Hölle brachte er diesen Koffer mit?‹, fragte einer meiner Nachbarn den anderen. ›Vermutlich traute er den Leuten an der Garderobe nicht‹, antwortete der. Das Gelächter verstummte aber, als Deskaheh mit seiner Geschichte begann, die er auf einfache und berührende Art erzählte. Als er geendet hatte, gab es einen Moment der Stille – und dann erhob sich brausender Beifall. Tausende richteten sich auf« – da übertreibt der Berichterstatter wohl –, »um ihm zuzujubeln, und die große Halle gab ihren Applaus wieder und wieder. Aufrecht, ernst und ungerührt wartete der Redner, bis das Tosen endete. Dann verließ er ausdruckslos die Bühne.«

Die Korrespondentin des irischen »Freeman's Journal« gibt in einem Interview ihrer Begeisterung wortreich

Ausdruck: »Mit seinem schön geschnittenen, aber strengen Mund, seiner kräftigen Stirn und den starken Kieferknochen verkörpert er den geborenen Kämpfer, einen Mann, der seine Stärke kennt und daran glaubt, was seine leuchtenden Augen voller Enthusiasmus verkünden.«

Aus den Fotos, die vor mir liegen, erschließt sich mir dieser Eindruck nicht. Mit dem Winnetou meiner Mädchenträume hat das Gesicht nichts zu tun.

Zum Schluss der Veranstaltung wird eine Resolution verfasst, die Landesregierung solle die Begehren der irokesischen Nation an den Rat der Vereinten Nationen übermitteln. Ashenden wird fleißig mitgeschrieben haben.

Am Ausgang des Saales wird der Karikaturist Derso von einem Genfer Kunsthändler gefragt, was Deskahehs Objekte, die er da aus dem Koffer gekramt hatte, für einen Wert haben könnten: diese Perlenbänder, die Pfeife, das Dokument. »Das Pergament vielleicht fünfzig bis hundertfünfzig Franken, weil Sie es für tausend bis tausendfünfhundert Franken verkaufen würden«, antwortet Derso; »aber mein Freund, ich rate Ihnen, lassen Sie dem Indianer seine Perlen.«

Am selben Ausgang wird Deskaheh von Hedwige Barblan erwartet. Auch sie ist begeistert. Ein Herr, der sich dazwischendrängt, lädt Deskaheh ein, bei einem Meeting der Esperanto-Vereinigung in der Stadt zu sprechen, unbedingt.

»Ich könnte Ihnen beim Verfassen von Briefen helfen«, sagt Mademoiselle Barblan noch. »Sie haben mein Kärtchen.«

Junod klopft dem Häuptling auf die Schulter: »Selbst ein Korrespondent der Neuen Zürcher Zeitung war hier, ganz wichtige Zeitung. Wir werden dafür sorgen, dass Sie in Zürich sprechen.«

Mademoiselle Barblan trifft er dann in einem Café hinter der Universität, sie wohne nämlich in der Nähe, Rue De-Candolle. Auf einem Fahrrad sieht er sie herfahren. Er wundert sich, wie viele Frauen in dieser Stadt radeln. Ob das für Damen nicht doch ungesund sei, fragt er sich. Auf dem Gepäckträger hat sie gleich die Schreibmaschine mitgebracht.

Draußen schütteln sich die Bäume im kühlen Herbstwind.

Er bestellt ein Glas Milch. Frau Barblan trinkt einen *ballon de vin rouge*. Das Gesuch, das sie für ihn schreiben soll, reißt sie schon bald aus der Walze; Deskaheh hätte unendlich viel länger gebraucht. »Dafür können Rothäute besser Bogenschießen«, scherzt sie.

»Man nennt uns Rothaut«, antwortet Deskaheh ernsthaft, »aber meine Haut ist gar nicht rot, sondern hellbraun. Und deine, Hedwige, ist nicht weiß.« Er kneift sie in die Wange. »Wenn ein Arzt mit einem Messer an unserer Haut ritzt, sieht er keinen Unterschied zwischen uns beiden.«

Sie nimmt seine Hand in die ihre und betrachtet sie.

Wenn man sich noch nicht so gut kennt, ist jedes Thema interessant. Als die Kürbissuppe kommt, die sie bestellt hat, reden sie übers Essen. Er zählt acht Kürbisarten auf, die in den Gemüsegärten im Grand River angebaut werden. Er kennt siebzehn Maisarten. Und sechzig Bohnenarten.

Und er erzählt von den Hochbeeten, die seine Frau anlegt: »In einer Ecke Mais, in der nächsten Bohnen, Kürbis und Tabak, oder Sonnenblumen, Melonen und Hanf.

Das ergibt eine fruchtbare Pflanzengemeinschaft.« Und bequemer zu bearbeiten sei es auch, da man sich kaum bücken müsse.

Sie bestellt einen weiteren *ballon.* »Trinken Sie keinen Wein?«, fragt sie. »Ich liebe Ahornsaft«, antwortet er, »wir machen daraus Zucker.« Leider habe er auf dem Markt in Plainpalais noch keinen Ahornsaft gefunden. Vieles sei anders. Er vermisse seine Heimat, gesteht er. Aber er habe eben Pflichten. Und er erzählt von der bevorstehenden Vortragstournee durch die Schweiz.

»Mein Papa wartet«, sagt Hedwige unvermittelt; »ich muss ihm Musiknoten kopieren.« Und sie steht auf. Zum Abschied schenkt Deskaheh ihr seine Pelzmütze, als Dank für ihre Arbeit, wie er erklärt.

Sie wolle ihn am Wochenende »auf den Genfersee entführen«, bemerkt sie noch. Und er sagt zu.

15

Die Vortragstournee beginnt mit einem Missgeschick. Deskaheh soll auf einem Schloss, das als Begegnungsstätte dient, vor einer Schulklasse reden. Am Bahnhof der Gemeinde Céligny soll er abgeholt werden. Doch der Kutscher wartet vergebens.

Céligny liegt zwanzig Kilometer von Genf entfernt als Exklave im Kanton Waadt. Schon das ist schwierig zu verstehen. Es ist ihm nicht ganz klar, ob das eine Art unabhängiger Staat von Genfern in einem Land namens Waadt ist. Den Irokesenpass hat er jedenfalls bei sich.

Vor dem Genfer Bahnhof Cornavin herrscht ein Wirrwarr von Kutschen, auf denen in stolzen Lettern die Namen der Hotels stehen, zu denen sie gehören. Handkarren mit Gepäck, die sich durchkämpfen. In der Bahnhofshalle spuckende und stöhnende Lokomotiven, die am Fahrgestell stoßweise Dampf ablassen. Ein Zeitungsaushang verkündet schon die Elektrifizierung von Bahnstrecken. Auf dem Perron steht abfahrbereit ein Zug nach Paris. Schließlich erwischt er den richtigen Zug, verpasst es aber, am richtigen Bahnhof auszusteigen.

»Der Kontrolleur hat mir nach Abfahrt des Zuges das Ticket sofort weggenommen«, schreibt Deskaheh in einem Entschuldigungsbrief, »und ich war nicht fähig, französisch zu sprechen. Zudem hatte ich den Namen Ihrer Station vergessen. Und nachher versuchte ich, ein Taxi zu bekommen, konnte aber keines finden. Während der ganzen Zeit trug ich mein Kostüm, weil ich den Kindern zeigen wollte, dass ich ein Indianer bin, aber alles ging schief.«

In seinem Heimatland könnte er eine ganze Wüstenei durchqueren, ohne die Orientierung zu verlieren. Aber in der Schweiz in eine Eisenbahn zu steigen, ist ein schwierigeres Unterfangen. Nächstes Mal wird er mit dem Kanu nach Céligny kommen, fantasiert er.

Dafür genießt er auf dem Rückweg die Landschaft. Es ist ein frischer Tag. Er mag nicht im Abteil sitzen, steht draußen auf der offenen Plattform am Ende des Zugs und fühlt sich wie auf einer Holzfällerbahn in Kanada. Auf der einen Seite der blaue See, auf der anderen die großen Hügel. Auch die Bahnhöfe mit ihrem gestelzten

Vordach erinnern ihn an den Wilden Westen. Aber hier gibt es viele Weinberge. Die Waadtland-Bewohner müssen ein Volk von Säufern sein. Raben fliegen auf.

Er trifft dann Herrn Junod wieder und die Sekretärin des Irokesenkomitees und berichtet von seinem Ausflug. Junod kommentiert: »Wir haben viel gegen den Alkoholismus unserer Einheimischen unternommen. Der Alkoholkonsum führte zu Mord und Totschlag. Vor allem durch ein Getränk namens Absinth«, sagt er. »Sie wissen, auch bei uns gibt es Ungebildete.« Deskaheh bleibt ruhig, doch Junod merkt, dass seine Bemerkung nicht gut ankommt, und versucht zu beschwichtigen: »Im Neuenburger Jura, wo ich herkomme, verstanden sich die Schnapsbrenner oft als Rebellen. Wenn der Staat ihnen etwas vorschrieb, machten sie gerade das Gegenteil.«

Deskaheh schweigt und lächelt.

Junod verheddert sich, fährt aber fort: »Auch bei uns gibt es zum Beispiel Hexenglauben«, sagt er. »Ich habe gesehen, wie eine Frau das Herz eines von ihr geschlachteten Schafes mit fünfzig Nadeln spickte, um einen Feind – einen bösen Nachbarn oder eine Nebenbuhlerin, was weiß ich – zu verletzen. So wie man in Voodoo-Ritualen in Puppen sticht, wenn man einem Menschen schaden will.« Und er hält ein kurzes Plädoyer für Bildung. »Bildung, Bildung, Bildung«, sagt er. Nur Bildung werde die primitiven Völker vor sinnlosem Luxus, serviler Nachahmung, Krankheiten und schädlichem Kreditwesen schützen. »Die Wilden haben eine gute Natur, aber sie müssen sie schützen. Bildung ist der beste Schadenzauber gegen destruktive Einflüsse.«

Deskaheh fragt nach dem Ablauf der geplanten Vortragstournee.

Die NZZ habe positiv berichtet, holt Junod noch einmal aus. »Sehen Sie hier, ich übersetze: ›Was ich vom Völkerbund erwarte, ist Gerechtigkeit, so lautet das Leitmotiv seiner Forderungen.‹ Und die Bilanz: ›Sollen die Bitten der Indianerstämme darum weniger Gehör finden, weil ihre Haut rot statt weiß oder gelb ist?‹ Eine schöne Schlussfolgerung.«

»Wir werden das nutzen und eine Unterredung mit einem Bundesrat verlangen.« »Der Rat von was für einem Bund?«, fragt Deskaheh, und er erfährt, dass es um ein Mitglied der Landesregierung geht. »Der Bundesrat muss als Regierung eines neutralen Landes und eines Mitgliedes des Völkerbundes zur Sache Stellung nehmen. Am besten wäre es, mit Herrn Motta zu sprechen, dem Außenminister. Obgleich er von schwankender Gesinnung ist. Er hat in seiner letzten viel beachteten Rede von der Universalität des Völkerbundes geredet. Wir werden anfragen.« Deskaheh sagt nur: »Ich möchte Herrn Motta zur Kenntnis bringen, dass die Six Nations die Neutralität schon vor langer Zeit beschlossen haben.«

Die anstehenden Veranstaltungen werden noch einmal durchgesprochen. Die Sekretärin, jene einstige Missionarin, blättert in ihrem Block: Die Esperantisten. Mitglieder einer Theosophischen Gesellschaft. Der Swiss-English-Conversation-Club. Ein Jamboree der Genfer Pfadfinder, wo man ums Lagerfeuer sitzen wird. Und dann eben der große Ausflug in die Deutschschweiz.

Freunde in Zürich werden ihn beherbergen. Eine Frau aus der Irokesenkommission wird ihn begleiten, Frau Barblan. Er kenne sie ja schon. »Eine reizende Frau. Und äußerst dienstbereit. Sie spricht nicht nur Englisch und Französisch, sondern auch Deutsch. Als alleinstehende

Tochter aus gehobenen Verhältnissen kann sie sich gut die Zeit nehmen.«

Deskaheh nickt.

Hedwige wird es ihm noch einmal erzählen, bei der Schifffahrt auf dem Genfersee.

Er freut sich darauf.

Der Oktober ist meist ein sonnenwarmer Monat, doch dieses Jahr will es nicht so recht werden. Deskaheh und Hedwige Barblan erwischen einen kühlen Tag, an dem es wenigstens nicht regnet. Manchmal reißt der Himmel auf, dann zeigen sich weiß brennende Wolkenränder, und gebündelte Lichtstrahlen brechen durch.

Hedwige hat schon auf dem Quai klargestellt, dass sie die Einladende sei. »Mein Vater hat mir Billetts geschenkt als Dank für einen Konzertauftritt.« Sie ist überraschend gesprächig. Sie erläutert beim Warten auf die Abfahrt, dass hier die österreichische Kaiserin Sissy ermordet worden sei, durch einen anarchistischen Arbeiter. Mit einer von Hand zugespitzten Feile. »Man stelle sich vor, mit einer Feile.«

Ruhig stampft der Luxusdampfer durchs Wasser, dieses fahrende Symbol der Belle Époque mit den mächtigen Schaufelrädern und dem Mahagoni-Getäfel und den Spiegeln und Kolonnaden im Speisesaal. Und schon kommt ihnen wieder eines dieser Ungetüme entgegen. »Die Schiffskörper gleichen den indischen Elefanten aus den Märchenbüchern«, sagt Hedwige. »Und auf dem Oberdeck kommt man sich vor wie der Maharadscha im schaukelnden Balkon auf dem Rücken eines Elefanten.«

Deskaheh nippt an einem Glas Milch, das ihn an seinen eigenen Bauernhof erinnert. Vergeblich hat sie ihn zu einem Glas Weißwein zu überreden versucht. »Der

Alkohol ist der Mörder meines Volkes«, sagt er. »Milch ist gesund; daran stirbt man nicht, auch wenn man zu viel trinkt.« Sie hebt das Glas.

»Nennen Sie mich Levi«, sagt er. »Hedwige«, erwidert sie, »Prost Levi.«

Er erzählt vom Alltag am Grand River, sie erzählt von ihrer Arbeit, berichtet, dass alle amtlichen Verlautbarungen des Völkerbundes in Englisch und Französisch zu erscheinen hätten. Und dass alle Ämter des Völkerbundes in gleicher Weise Frauen wie Männern zugänglich seien. Was ihn nicht beeindruckt. »Bei uns sind die politischen Aufgaben auf beide Geschlechter verteilt.«

Draußen zieht die Landschaft vorbei, als wäre sie eine bewegte Bühnendekoration. Im Auftrag eines Verkehrsvereins von eifrigen Dienern mithilfe von Kurbeln abgerollt.

Der Blick nach vorn sucht vergeblich einen Fixpunkt. Wie auf dem Ontariosee.

Sie berichtet von einem Schloss, das im Wasser steht, leider zu weit für die heutige Schiffstour. So erfährt er etwas von einem Lord Byron, der für die Unabhängigkeit der Völker eingetreten sei.

Deskaheh erfreut sich an der Geschichte dieses Lords. Dann bricht es aus ihm heraus: »Immer glauben die Europäer, dass sie der Mittelpunkt sind. Es sind nicht die Europäer, die die Freiheit entdeckt haben. Es sind nicht die Europäer, die Amerika entdeckt haben. Unsere Vorfahren haben Europa entdeckt. Damals, als sie freie Menschen waren. Damals, als sie ihren Fuß auf Grönland setzten. Sie suchten nach dem Eisen eines Meteoriten, der dort abgestürzt war. Ums Jahr 1200 nach westlicher Zeitrechnung. So wird es überliefert.«

Bei jedem Anlegen wird mächtig ins Horn gestoßen. Der Himmel zeigt sich weiterhin schlecht vernäht. Mit hellblauen Rissen und Flecken. Die Mutigeren begeben sich ins Freie.

Deskaheh und Hedwige beobachten das Publikum auf den lackierten Holzbänken. Eine korpulente Dame, in leuchtendes Rot gekleidet, die ununterbrochen strickt. Ein älterer Herr in karierten Knickerbockerhosen, gefeit gegen Wind und Wetter im Liegestuhl die Pfeife rauchend. Eine Frau mit braunvioletter Gesichtsfarbe und einem farbigen Punkt auf der Stirn, Inderin oder Pakistanerin. Ein einheimisches Paar, der Mann mit Bauch quasselnd wie der Schiffsdiesel. Vom Bug her auf dem Unterdeck sind Lieder zu hören, das Lied vom unfähigen Matrosen, »qui n'avait ja-ja-jamais navigé«. Ihr Schiff ist ein schwimmender Zauberberg, eine Insel der Seligen: bewohnt von Windliebhabern, Erholungsdurstigen, Lebenswütigen und Sehnsüchtigen jeder Hautfarbe.

Ein paar Tropfen sind gefallen. Die Farbe des Wassers wechselt beständig zwischen Bleigrün und Türkis. Der kühle Wind lässt das Blut im Kopf schmerzhaft hämmern.

Sie hält wieder seine Hand.

Je länger der Tag dauert, desto privater werden die Themen, über die sie reden: Liebe, Heirat, Scheidung. Schon zeigt sich wieder die Silhouette der Stadt Genf. Sie wundert sich, dass man in seiner Kultur ohne gesetzliche Eintragung heiraten und sich auch wieder trennen kann. »Ich finde das ein wenig locker«, meint sie.

Er begleitet sie noch zu Fuß vom Quai nach Hause.

»Gib acht auf dich«, sagt sie beim Abschied und drückt

ihm einen Kuss auf die Stirn. Er wischt mit der Hand über die feuchte Stelle.

Es ist einer der glücklichsten Tage im Leben des Irokesenhäuptlings Deskaheh.

16

Zu dritt sitzen sie auf der Fahrt in die Deutschschweiz im Abteil. Hedwige hat einen Korb mit Verpflegung mitgebracht. Deskaheh schaut in die verregnete Landschaft. Nichts von goldenem Oktober, kein Indian Summer. Junod redet fast ununterbrochen; er hat mitkommen wollen, weil er auf diese Weise wieder einmal eine Reihe Professorenkollegen in Zürich kontaktieren kann.

Junod berichtet von seiner Zeit als Prediger in einer unabhängigen Kirche in jenem Môtiers im Neuenburger Jura, in das Jean-Jacques Rousseau geflüchtet war. »Kennen Sie diesen prächtigen Philosophen?« Er wartet die Antwort nicht ab. »Rousseau hat ein Werk geschrieben, in dem er den Wert der Natur und der Natürlichkeit gepriesen hat. Das hat uns geprägt. Vor allem meine Mutter. Darf ich von ihr erzählen?«

Wieder wartet er die Antwort nicht ab. Er erzählt, dass die Familie der Mutter zuerst eine Fabrik für Absinth besessen habe. Dieses abscheuliche alkoholische Getränk, das hauptsächlich aus Wermut unter Zusatz von Anis und Fenchel und Dutzenden von Kräutern bestehe. »Ja, die Dubieds sind mit Absinth reich geworden. Aber wir alle haben täglich das Elend gesehen, zu dem der Alkohol bei den Bauern führte.« Mutter habe dann durchgesetzt, dass die Fabrik verkauft wurde. Und so habe die Familie begonnen, Maschinen zu bauen. »Etwas Aufbauendes, nicht etwas Zerstörerisches.« Strickmaschinen zur Herstellung von Kleidungsstücken.

In Bern steigen sie um in den Zug nach Zürich. Leider sehen sie nichts von der Bundeshauptstadt.

Dann sei er in der Mission gewesen, berichtet Junod weiter. Und habe in den afrikanischen Dörfern erlebt, wie Menschen noch Respekt für Ältere zeigten, Sinn für die Einheit der Familie hätten, sich gegenseitig hälfen, die Nahrung mit anderen teilten. »Der afrikanische Dorfbewohner lebt noch in der Freiheit, die Rousseau in unserem Val-de-Travers ein Jahrhundert früher vorgefunden hat.« Und betrübt fügt er hinzu: »In der europäischen Gesellschaft findet man nur noch Entwurzelung, Zusammenbruch der Familie, Fortpflanzung durch Prostitution, Verbreitung venerischer Krankheiten und sogar Masturbation. Die Gesellschaft ist verdorben und gewissenlos.«

Irgendwann versiegt seine Rede. Dann sagt er unvermittelt: »Ich möchte Ihnen empfehlen, eine Fabrik zur Herstellung alkoholfreier Weine zu besuchen.« Er kramt eine Broschüre hervor. »Hier habe ich einen Prospekt, den ich von meinem Freund Professor August Forel bekommen habe. Ein großer Mann. Er schreibt hier selber«, und Junod liest vor: »Der Unterzeichnete erklärt der Wahrheit gemäß, dass die alkoholfreien Weine der Aktiengesellschaft zur Herstellung unvergorener Trauben- und Obstweine erstens dem Magen zuträglich sind und zweitens einen sehr angenehmen Geschmack haben.« Weiter:

»Die genannte Gesellschaft hat sich unter die Kontrolle der Abstinentenvereine gestellt.«

Da Deskaheh interessiert schaut und wohlwollend nickt, erklärt Junod: »Ich werde den Besuch organisieren.«

Die aus Stein gebaute mächtige Halle des Zürcher Bahnhofs, in den die Lokomotive einfährt, hat allerdings nichts mehr zu tun mit den Wildweststationen, an denen man unterwegs angehalten hat. Das ist der Prunk der Großstadt.

Eine Delegation von Persönlichkeiten erwartet sie. Ein Herr Arnold Heim, weit gereister Geologe, wird Deskaheh vorgestellt. Ein Herr Haug, Unternehmer; er wird Deskaheh und seine Dolmetscherin beherbergen.

Es wirbelt vor Deskahehs Augen. Was er sich alles merken soll.

Und die kommenden Tage werden noch hektischer. Vortrag im Casinotheater Winterthur, Hunderte finden keinen Platz im Saal. Vortrag in Luzern, mit Übernachtung im Hotel Palace. Vortrag in St. Gallen, mit drei Übernachtungen dort. Vortrag in Bern. Gespräche mit Herren und Damen von der Presse. In manchen Sälen muss er besonders laut sprechen, damit auch der Hinterste ihn versteht. Hedwige versorgt ihn gegen die Heiserkeit mit Ahorntee, den sie aufgetrieben hat. Zum Glück ist sie da, kümmert sich wie eine Mutter, Schwester und wahre Freundin um ihn.

Spätabends, wenn alle gegangen sind, sitzen sie oft noch mit einem Getränk am Tisch, bevor sie sich in ihre Zimmer begeben, dann ist sie nicht mehr die Korbträgerin im Hintergrund. Dann beginnt sie zu erzählen. Denn Deskaheh fragt ununterbrochen. Sie erzählt von ihrem Vater, der viel Einfluss in der Genfer Kulturwelt hat. »Eine Art Zeremonien-Chief«, sagt Deskaheh verständnisvoll. Sie nickt und berichtet: »Bei der allerersten Session des Völkerbundes hat man die Delegierten in die Kathedrale St. Pierre eingeladen. Papa hat das Konzert gegeben.«

Sie erzählt von ihrer deutschen Mutter, die sich als machtbewusste Erzieherin gebärde, auch wenn sie, Tochter Hedwige, schon über dreißig sei.

Und sie erzählt von den Idealen, von denen sie träume: Unabhängigkeit, Freiheit, Glück. Es seien dieselben Ideale, die Deskaheh verkünde, meint sie. Und noch einmal kommt sie auf ihren Vater zurück, den Übervater. »Er hatte eine Mission.« Das sei die Nation gewesen. Er habe die Musik für das Eröffnungskonzert bei der Landesausstellung in Genf geschrieben und diese mit einigen Takten der Nationalhymne beginnen lassen. »Auch ich habe jetzt eine Mission. Ich will die Nation der Rothaut unterstützen.« Der Chief legt den Arm um ihre Schulter.

Ein paar Tage nächtigen sie im Industriegebiet von Zürich, wo der Unternehmer Haug sein kleines Handelshaus mit Lagerhalle hat.

Deskaheh tritt vor dem Zürcher Publikum im Schwurgerichtssaal auf. Herr Heim, der durch den Abend führt, hat Deskaheh gebeten, in seinem Vortrag näher auf die Rolle der Frauen einzugehen. Das interessiere die Damen besonders. Eine Frau Bodmer von Muralt sitzt im Saal, von ihr kam die Anregung. Miss Robertson Matheson hat ihr in London erzählt, dass die Frauen bei den Six Nations besondere Rechte hätten.

Einer ihrer Vorfahren war jener Bodmer, der als Indianermaler Berühmtheit erlangte.

So erzählt Deskaheh: »Die Indianer Amerikas haben viele Dinge von den Weißen übernommen. Das Pferd zum Beispiel. Aber wir hatten auch von Anfang an vieles, was ihr noch nicht habt: Das Frauenstimmrecht zum Beispiel.«

Einige spitze Ausrufe sind zu hören.

Bei den Six Nations besäßen nämlich nur die Frauen das politische Wahlrecht. Den Stammesrat wählten allein die Frauen. »Denn die Frauen erziehen die Kinder und können daher am besten beurteilen, wer für diesen Posten geeignet ist.« Frauen wären auch bei den Tagungen des Rates dabei, wo sie selbstverständlich das Wort ergreifen, und wenn sie dies tun, würden ihnen alte Chiefs aufmerksam zuhören. Allerdings dürften die Frauen nicht in den Rat gewählt werden. »Weil sie unseres Erachtens nicht die nötige Eignung haben. Sie beschäftigen sich mit häuslichen Dingen, nicht mit öffentlichen Angelegenheiten.«

Letzteres vermag allerdings die adlige Bodmer von Muralt nicht zu befriedigen, was sie tuschelnd dem Saal zur Kenntnis bringt.

Eine weibliche Stimme antwortet ihr: »Frauen spielen in unserer Missionstätigkeit auch nur eine Rolle am Rand. Jedenfalls dürfen sie nicht Missionarin werden. Und wenn sie mitreisen, müssen sie kochen und nähen und singen.«

»Aber wie ist das mit Berufstätigkeit, Erziehung? Und wie ist es mit der natürlichen Liebeswahl?«, fragt Frau Bodmer laut zurück, über zwei Reihen hinweg. »Nicht zu reden von der Sexualität«, flüstert sie hinter vorgehaltener Hand der Nachbarin zu. Die Nachbarin zuckt zusammen.

Deskaheh hat einen Moment geschwiegen. Dann verkündet er mit erhobener Stimme: »Bei uns gehen die Frauen nicht aus ökonomischen Gründen eine Ehe ein.«

Bodmer von Muralt tratscht ungeniert weiter.

Beifall findet dann allerdings, wie der Chief von der Freiheit spricht. »Die Weißen haben viele Gefängnisse. Wir haben in unserem Heimatland keine Gefängnisse und brauchen sie nicht«, erklärt er.

Insgesamt ist der Vortrag ein solcher Erfolg, dass der Schwurgerichtssaal eine Woche später ein weiteres Mal voll wird.

Auch Frau Muralt hat zweihundert Franken gespendet und wird angefragt, ob sie ins Komitee eintreten wolle.

Doch mischt sich in die Begeisterung auch Unmut. Deskaheh ist unzuverlässig, nach schweizerischen Uhrenschlägen jedenfalls, und die Veranstalter sind nie sicher, ob er pünktlich auftauchen wird. Telegrafische Anfragen beantwortet er nicht, wenn sie ihn überhaupt erreichen.

Besonders ungünstig wird aus St. Gallen berichtet. Deskaheh hat sich erlaubt, nach der Vorstellung mit einer Büchse herumzugehen und Geld zu sammeln. Er sei doch nicht da, um Geld zu machen, sondern um sein Volk zu repräsentieren, finden auch die Veranstalter.

»Auch freie Indianer müssen leben«, wendet Hedwige ein. Zum Glück hat Anwalt Decker ein Paket mit Schecks im Wert von viertausendfünfhundert Dollar abgeschickt.

17

Deskaheh wohnte also bei der Zürcher Familie Haug; das sei sein Großvater gewesen, erzählte mir der Antiquitätenhändler.

»Paul E. Haug, Handel mit Maschinen, Werkzeugen u. techn. Bedarfsartikeln, 5 Limmatstrasse 55«, stand im Adressbuch. Briefentwürfen, die der Enkel noch besaß, entnahm ich, dass sich der Gastgeber über seinen exotischen Gast geäußert hatte: »Deskaheh, der fließend Yankee-Englisch spricht, ist eine interessante Persönlichkeit, intelligent, ein scharfer Beobachter und schlagfertiger Debatter.«

Und Deskaheh schrieb nach Rochester, dass er in Haug einen guten Freund gefunden habe. Im Haus an der Limmatstrasse entstand auch das Foto, das der Antiquar mir gegeben hatte: Deskaheh, Hedwige Barblan, Herr Haug mit Familienmitgliedern und einem Freund. Man sieht, wie Hedwige ihren Freund anhimmelt, ihre Hand stützt seinen Rücken.

Ich kann mir vorstellen, was sie am Abend zuvor besprochen haben. »Nimm mich mit nach Kanada«, hat sie gesagt. »Ich werde dein Haus in Ordnung halten.« Er hat ihr zwar erzählt, dass sein Haus nicht groß ist, aber für Hedwige ist eine indianische Hütte ein Schloss. Und er hat ihr vage zugesagt, sie könne zu ihm kommen.

Auch eine Pflegetochter, die im Haus von Herrn Haug lebte, machte dem Irokesen schöne Augen, wie einem Brief des Gastgebers zu entnehmen ist, der barsch feststellt, dass die junge Frau berechnend sei. »Sie geht immer mit dem Mann, von dem sie sich am meisten verspricht, nie entscheidet das Herz.« Viele Frauen haben beim Auftreten des Chiefs rote Wangen und weiche Knie bekommen, scheint mir.

Mittlerweile hatte ich auch in den Archiven der ETH Dokumente gefunden. In der Bibliothek der Technischen Hochschule nach einem Indianer zu suchen, daran hätte ich anfangs nie gedacht. Kein Zweifel, der Fall weitete sich aus.

Manchmal ist Professor Heim bei Haugs zu Besuch, der Deskahehs Vorträge vor dem Publikum abschnittweise auf Deutsch vorträgt. Er sei »eremitiert«, hat die Pflegetochter gesagt, was die Runde zum Lachen brachte. Die Verballhornung habe einen wahren Kern, erklärte Heim. Er sei zwar ein Privatgelehrter, aber viel zu oft in seiner Studierstube, und deshalb habe er das Bedürfnis, mehr in die Öffentlichkeit zu treten.

Abends sitzen oft alle am Tisch zusammen, und es folgt eine angenehme Plauderei über West und Ost und Nord und Süd. Denn Heim ist herumgereist, hat lange Jahre in Java und Sumatra gelebt, und zudem ist er belesen. Der Unternehmer Haug erzählt, dass er in Dresden gewesen sei und eine Manufaktur besichtigt habe, in der Glasperlen gefertigt würden, wie sie die Indianer auf Mokassins oder Taschen oder Kleidungsstücke nähten. »Wir sind eben moderner, als die Ethnologen glauben«, scherzt Deskaheh.

Heim steuert ein Erlebnis bei, er habe im selben Dresden, na ja, es sei einige Jahre her, den Auftritt der Mohawk-Tänzerin White Deer erlebt. Einige Krieger, die in Buntstiftbemalung auftraten, hätten dazu Speere geschwungen.

»Sie verkaufen unser Volk.« Deskaheh kennt die Leute und hat keine hohe Meinung von ihnen.

Und dann, berichtet Heim weiter, habe er, es werde 1910 gewesen sein, in einer Dresdner Zeitung einen Protest gelesen, den einer von der Indianertruppe verfasst habe. Der habe dem Schriftsteller Karl May öffentlich vorgeworfen, es stimme nicht, was er schreibe. Heim erinnert sich an eine Schlüsselstelle: »Es kann uns Indianern nicht gleichgültig sein, wenn wir in der ausländischen Literatur als skalpierende, blutrünstige Wilde geschildert werden.« Fragend schaut er zu Deskaheh.

Deskaheh ahnt, wer das geschrieben hat: »Brant Sero, Mohawk-Indianer aus dem Grand-River-Land. Ein entfernter Verwandter von Chief Running Deer, aus der Familie von Running Deers Frau. Hat die Reservatsschule besucht, aber dann das Reservat verlassen. Er bezeichnet sich seither als einen Gelehrten.«

Was er von der Kritik an Karl May halte?, hakt Heim nach.

Deskaheh antwortet trocken: »Brant Sero hat selber bei einer fragwürdigen Show mitgemacht. Da werden Weiße an den Marterpfahl gebunden und mit dem Tomahawk geschlachtet, nach unseren Gesetzen ist das verboten.« Brant Sero habe den Schriftsteller Karl May sogar vor der Amerikanischen Gesellschaft zur Förderung der Wissenschaften in Toronto an den Pranger gestellt. »Der Mann plustert sich auf wie ein Truthahn. Und er trinkt zu viel.«

»Aber die Winnetou-Romane rühren ans Herz«, sagt Haug.

Die Gastgeber trinken Wein, Deskaheh bleibt bei seinem Glas Milch. Auch als Fisch aufgetragen wird.

Zürichseefisch. »Frischer gehts nicht«, lobt Haug. Und Heim berichtet, dass er in Asien fermentierten Fisch kennengelernt habe, Fisch, der gärt. Deskaheh hat bei Fischerfamilien schon ähnliche Delikatessen aufgetischt bekommen, als Würze in der Kornsuppe. Womit man beim Programmpunkt von morgen ist, dem Besuch in der Fabrik für fermentierte Getränke. Es geht nach »Milen«, wie Deskaheh seinem Anwalt in Rochester schreibt. Meilen am Zürichsee. Hier ist vor Kurzem eine Fabrikationsstätte der A. G. für alkoholfreie Weine eröffnet worden.

Deskaheh interessiert sich dafür, weil der Lac Ontario, auch »Lac des iroquois« genannt, ein Wärmebecken bilde, wo auch Wein angebaut werde. Korn gebe es ohnehin. Äpfel auch, und wenn diese am Boden vergärten, tanzten nach deren Verzehr manchmal selbst die Raben.

Als sie am Bahnhof Meilen aussteigen, sehen sie auch schon das Fabrikgebäude, im Schlösschenstil mit Chalet-Dächern und einer gedeckten Rampe, auf der riesige Holzbottiche stehen. Der exotische Besucher wird vom Direktor persönlich empfangen. Der Gastgeber trägt einen weißen Mantel wie ein Arzt. »Wir sind die erste schweizerische Firma, die unvergorene und alkoholfreie Trauben- und Obstweine produziert«, erläutert er. »Unsere Firma hat den Hauptsitz in Bern. Diese Produktionsstätte hier gehört uns seit 1922. Sie ist die modernste ihrer Art.«

»Als Bewahrer unserer Traditionen liebe ich Feuer«, sagt Deskaheh, und der Direktor lächelt irritiert. »Als Mensch der großen Seen liebe ich Wasser«, fährt Deskaheh fort, »aber Feuerwasser verabscheue ich.« Er verbeugt sich. »Ich will die indianische Kultur voranbringen. Und Alkoholismus ist kein Teil unserer Kultur und soll auch keiner werden.« Der Direktor nickt: »Sehr löblich, sehr löblich.«

Deskaheh zeigt sich beim Rundgang außerordentlich interessiert. Er erklärt, dass er herausfinden wolle, ob es möglich wäre, auch drüben, jenseits des Großen Wassers, das Obst zu alkoholfreien Getränken zu verarbeiten.

Der Direktor doziert: »Ein neues Sterilisierungsverfahren bietet Vorteile, die gewiss zu seiner schnellen Verbreitung führen werden. Man braucht Elektrizität, mit der man sogenannte Tauchsieder erwärmt.« Er zeigt den Apparat einer gewissen Firma Scherer. Der werde also so ins Fass eingesetzt, dass er am Boden zu liegen kommt. »Das Gerät garantiert die gute Zirkulation im Bottich und die Erhitzung des Saftes auf die erforderliche Temperatur, um die Gärungspilze zu vernichten.« »Könnten Bauern selber …?«, fragt Deskaheh. Der Direktor hat die Antwort schon parat: »Der Bauer kann im Herbst, wenn seine Arbeitszeit besonders kostbar ist, mit wenig Zeitaufwand jedes gewünschte Quantum Most sterilisieren, indem er abends nach getaner Arbeit mit der Sterilisation beginnt und über Nacht den Apparat so einschaltet, dass …« Deskaheh ist sichtlich beeindruckt.

Ein Gang durch die nahen Rebberge entfällt, denn es ist miserables Wetter, seit Tagen schon. Die Erde patschnass. »Es liegt Schnee in der Luft«, glaubt Haug.

Der Direktor fügt noch an, dass der Staat die neue Technologie zu wenig fördere. »Unser Bundespräsident ist leider ein Weinbauer und ein guter Zecher. Er muss Rücksicht nehmen auf die Lobby, die ihn wählt.« Noch ein Nachteil dieses Wahlsystems.

»Unsere Abstinenzbewegung muss mehr Druck machen«, sagt Unternehmer Haug. »Zum Glück haben wir in Professor Forel eine starke Stimme – sie haben von ihm gehört? –, er leitete das Burghölzli-Spital für Geisteskranke und hatte dort viele Alkoholiker als Patienten.« Der Direktor bestätigt: »Er ist ein Förderer unseres Unternehmens; ich kenne ihn persönlich. Forel nimmt manchmal beratend an Verwaltungsratssitzungen teil.«

Man verkostet an einem Tisch die alkoholfreien Getränke. Dazu werden getrocknete Birnen- und Apfelschnitze serviert.

»Ja, Geisteskranke sind oft Alkoholiker«, nimmt der Direktor den Faden wieder auf. »Im Suff gehen die Grenzen der Zivilisation verloren, und der Wilde kommt zum Vorschein.« Wieder einer der Momente, wo Deskaheh nichts sagt. Sein Lächeln wird jedes Mal als Zustimmung gedeutet. »Wissen Sie«, fährt der Direktor, sich dem Wilden zuwendend, fort: »Das Verbot des Getränkes Absinth wurde vom Schweizer Stimmvolk gutgeheißen, nachdem ein Weinbergarbeiter im Waadtland seine schwangere Frau, seine zweijährige Tochter und seine vierjährige Tochter in einem Anfall von Wahn ermordet hat. Er hatte neben Wein auch Schnaps und zwei Gläser Absinth zu sich genommen.«

»Im Zustand der Natur, wie sie Herr Rousseau anstrebte, wäre das nicht passiert«, sagt Deskaheh. Und der Direktor blickt fragend. Doch eine Antwort erhält er nicht.

»Ich hätte nie geglaubt, bei den Bleichgesichtern so viele interessante Dinge kennenzulernen«, sagt der Besucher, als sie sich zum Abschied die Hand schütteln. »Ich werde jedenfalls bei meinen Brüdern von den Six Nations für den Scherer-Tauchsieder Reklame machen.«

18

In diesen Wochen seiner Schweizreise ist Deskaheh fast glücklich. Er ist privilegiert, wird herumgereicht, erhält Applaus, gewinnt Freunde. Aber immer denkt er an seine Familie in Ohsweken, an die Leute im Grand River. Hin und wieder erreichen ihn Nachrichten, persönliche und politische. Dank Anwalt Decker, der regelmäßig schreibt.^

Zum Glück ist Hedwige zeitweise bei ihm.

Hin und wieder schreibt er an seine ferne Frau und seine Tochter.

Kein Zweifel. Deskaheh hat dazugelernt. Er befasst sich mit politischen Parteien und Rechtsfragen. Er tritt entschlossen, selbstbewusst und mit Humor auf und setzt sein Charisma auch auf der Bühne ein. Er wächst heran zu einem Staatsmann.

Zu den neuen Freunden gehört ein Mann, den er bei seinem Vortrag in Basel kennengelernt hat. Er findet ihn clever und meldet nach Hause, dass er nun einen geeigneten Anwalt gefunden habe. Gleichsam einen Ersatz für den zurückgekehrten Decker.

Mr Huntington aus Seattle ist von der Natur nicht gesegnet. Er ist ein Mann mittleren Alters mit kurzem Bürstenhaarschnitt. Statt Zahnreihen scheint er eine Mundharmonika im Mund zu haben, auf der er ständig herumkaut, sodass bald die eine, bald die andere Backe hervortritt.

Huntington rät dem Häuptling, die Sache zu beschleunigen und sich direkt an den Internationalen Gerichtshof zu richten.

Anwalt Decker in Seattle zeigt sich in einem Brief nicht erfreut über den Konkurrenten vom Fach. Zumal er in den Anwaltsregistern von Seattle den Namen nicht findet, den Deskaheh genannt hat.

Deskaheh korrigiert sich denn auch. Sein Freund sei tatsächlich nicht Anwalt, sondern Ophthalmologe, ein Augenspezialist, der sich aber sehr für die völkerrechtlichen Fragen rund um die Six Nations interessiere.

Ein Mann, der viel erlebt habe zudem. Eines Abends erzählt Huntington sein ganzes Leben, in aller Offenheit:

»Ich bin ein Gentleman, der in Birmingham, Alabama, geboren wurde. Den Vater verlor ich, als ich ein Jahr alt war, so zog ich zur Mutter nach New York. Meine Liebe zum Abenteuer befriedigte ich als junger Mann, indem ich während der Boxer-Rebellion nach China ging.«

Es folgt die halbe Weltkugel: Philippinen. Südamerika. Bergbau in Mexiko. Afrika. Europa, Kuba.

1915 wieder ein Krieg. Huntington tritt in die kanadischen Streitkräfte ein, die Amerikanische Legion, die in Toronto gebildet wird, und kämpft in Italien.

Danach beginnt er, der inzwischen Ophthalmologie studiert hat, als Geschäftsmann international tätig zu werden. Sich selbst bezeichnet er als »Free-Lance-Gentleman«.

Mit ihm kann sich Deskaheh gut unterhalten, Huntington ist fast ein Landsmann.

Nach vier Wochen Schweizreise kehrt Deskaheh zurück nach Genf. Huntington hat erfreulicherweise auch da Geschäfte zu erledigen. Er ist nun öfter mit Deskaheh in diplomatischer Mission unterwegs.

Mit Monsieur Junod und seinem Irokesenkomitee bespricht man die bisherigen Ergebnisse der Kampagne und die nächsten Schritte.

»Ich möchte den Menschen in der Schweiz meinen Dank aussprechen, ich habe hier viele gute Menschen kennengelernt«, erklärt Deskaheh.

Immer wieder gibt es Anzeichen von Hoffnung, auch auf dem diplomatischen Parkett. Die Petition der Irokesen müsse auf die Tagesordnung des Völkerbunds gesetzt werden, dafür wollen sich Panama, Persien, Estland und der Irische Freistaat einsetzen. Der Vorsitzende des Völkerbundsrates, der Schwede Hjalmar Branting, hat in persönlichen Gesprächen seine Sympathie für die Sache der Irokesen zum Ausdruck gebracht. Nur leider reichen die Länder ihren Antrag erst zwei Tage vor Sessionsende ein. Zu spät. In diesem Jahr kann er nicht mehr behandelt werden.

»Das Presseecho ist weiterhin erfreulich«, bilanziert Junod. »Der freie Rätier«, Organ der Freisinnigen Graubündens, hat einen großen Artikel auf die Titelseite gebracht, verfasst von dem Schriftsteller und Friedenskämpfer Leopold Katscher: »Der schöne fünfundvierzigjährige Kriegshäuptling in seiner malerischen Nationaltracht gewährte uns eine Unterredung in Englisch von drei Stunden«, berichtet der Journalist stolz. Es folgen die üblichen Statements des Irokesenchiefs.

Freisinnig, das sei ein schöner Name für eine politische Partei, sagt Deskaheh zu Junod.

Wenn es einen Negativpunkt in der bisherigen Kampagne gebe, finden alle, dann der, dass es nicht gelungen sei, in der Bundesstadt Bern ein Gespräch mit einem Vertreter der Landesregierung zu arrangieren. Man ist über einen höheren Beamten im Außenministerium nicht hinausgekommen.

Monsieur Junod will nicht lockerlassen. »Wir werden das schaffen; unser Komitee versammelt renommierte Persönlichkeiten.«

Deskaheh setzt weiter auf Vorträge. Er will seine Vortragstechnik ausbauen und moderne Hilfsmittel einsetzen. Er spricht von der magischen Bildermaschine, die Fotos auf eine Leinwand werfen kann. In Farbe. Er braucht ein solches Gerät, und er braucht Bilder. Und er notiert sich, was er zu Hause bestellen muss:

- Das Gebäude des Rates in Ohsweken
- Mitglieder der Six Nations im Weltkriegs-Einsatz
- Fort Stanwix, wo der Vertrag von 1784 geschlossen wurde, in dem die britische Krone den Six Nations das Land am Grand River zusprach
- Eröffnungs- und Schlusszeremonie eines religiösen Meetings
- Das Ballspiel »Lacrosse«
- Die Brass-Band der Six Nations in Uniform und die eigene Feuerwehr.

Und später könne man vielleicht einen Film drehen, regt Huntington an. Und eine Porträtaufnahme von Deskaheh soll in den Schaufenstern der Genfer Läden ausgestellt und als Postkarte verbreitet werden. Nebenbei bringt das Geld.

Der Herbst ist endgültig vorbei. Das Novemberwetter ist kühl, trüb, regnerisch, starker Westwind weht, dann ein Weststurm. Eines Morgens liegt Schnee auf dem Kopfsteinpflaster, der bald in Matsch übergeht. Bräunlich gefärbt vom Mist der Pferde. Frost backt über Nacht das Ganze hart. Deskaheh in Mokassins.

Gern geht Deskaheh mit Hedwige spazieren, wenn er Huntington abschütteln kann. Er liebt die Kälte, auch wenn er etwas zu leicht angezogen ist. Er liebt den Uferweg entlang der Arve. Einen besonders mächtigen Baum begrüßt er jedes Mal mit einer Umarmung. Ein Mann in einem Drillichanzug, der dies sieht, hält den Finger an die Stirn. Hedwige ist es egal. Auch sie zeigt den Vogel und blickt ins Geäst.

Allmählich geht das Geld zur Neige. Das teure Hotel am Bahnhof kann Deskaheh sich nicht länger leisten. Hedwige bietet ihm an, er könne ein Zimmer beziehen im Haus ihres Vaters, in dem sie selber wohnt. Deskaheh sagt, dass das nicht schicklich sei.

Auf dem Weg zurück ins Stadtzentrum kommen sie an einer Familienpension vorbei, sie klopfen an und fragen nach einer Unterkunft. Pension Racine, Chemin des Cottages. Mutter Racine ist bereit, den Ausländer aufzunehmen. Hedwige garantiert im Fall des Ausbleibens von Zahlungen. Madame Racine hat schon gehört, dass der Organist in der Kathedrale ein lebenssüchtiges Töchterlein hat, das schon bald eine alte Jungfer sein wird. Sie lächelt verständnisvoll.

19

Das Reich des großen Schweigens«, so nennt er Kanada nur noch. Kanada lässt keinen Ton verlauten zu Deskahehs Mission beim Völkerbund. Aber das Land muss gezwungen werden, zum Unrecht Stellung zu nehmen, das die Regierung täglich begeht, wenn sie behauptet, die Indianer am Grand River seien Untertanen. Man muss die modernsten Kommunikationsmittel nutzen. Das Manifest der Rothaut muss gedruckt werden. Man muss noch mehr Aufsehen erregen.

Junod hat den Druck angeregt. Er habe in seiner Missionsstation schon die Bibel drucken lassen, und Kolporteure brächten sie seither in die Häuser der ärmsten Schwarzen. Mindestens fünfzig Exemplare seines Manifests will Deskaheh drucken lassen, in Englisch und Französisch! Aber die Schweiz ist teuer. Schließlich finden sich Sponsoren, die sogar tausend Exemplare bezahlen, altes Patriziergeschlecht. »Die Art von Leuten, die ich gerne treffe«, sagt Deskaheh zu Hedwige.

Dann sagt Junod entschieden: »Wir fahren noch einmal nach Bern. Wir werden einfach beim Bundespräsidenten vorsprechen, läuten und vorsprechen. Er kann uns nicht abweisen.« Doch es kommt anders. Wegen der Session des Parlaments sei der Bundespräsident doch nicht verfügbar, erklärt man den Besuchern im Departementssekretariat. Junod macht es trotzdem möglich. Am folgenden Montag, 12. November, so der Vorschlag des Sekretärs, könne der Herr Bundespräsident Scheurer ihnen eine Viertelstunde einräumen und sie nach seinem Mittagessen zu einem Kaffee nach dem Mittagessen empfangen. Im Palmengarten im Bellevue Palace neben dem Bundeshaus.

Sie kehren zurück und reisen noch einmal nach Bern.

Die beiden sind zu früh. Junod spaziert mit seinem Gast zuerst Richtung Bärengraben. »Die halten doch Winterschlaf«, sagt Deskaheh, und Junod blickt irritiert. Doch die Bären sind im Freien, vielleicht etwas müde und verlangsamt. Zwei ausgewachsene Tiere und ein Junges. Als das Junge Deskaheh erblickt, setzt es sich tollpatschig gleich auf den Hintern. Dann klettert es über den silbergrauen rindenlosen Baum, der im Graben liegt, und blickt zu Deskaheh hinüber.

»Der will etwas«, sagt Junod.

»Er merkt etwas«, scherzt Deskaheh. »Er ist wie ich vom Clan des jungen Bären. Baby-Bear.« Er klatscht in die Hände.

Auf dem Weg zurück in die Altstadt erklärt Deskaheh, dass der große Prophet die Clans nach der Reihenfolge benannt habe, in der er an jenem Tag auf wilde Tiere traf: »Das erste war ein Wolf, das zweite eine Schildkröte, das dritte ein Hirsch, das vierte ein Bär, und zum Schluss sah er im Wasser einen Aal.«

Frühzeitig treffen der Indianer und sein Mentor im Belle-Époque-Hotel ein. Der Raum ist mit einer prächtigen Glaskuppel überdacht. Sie setzen sich an ein Tischchen neben der ausladenden Treppe, Junod mit seinem Pernod, Deskaheh mit seinem gesunden Glas Milch vor sich, so beobachten sie, wie Parlamentarier ihre üppigen Mittagsmenüs auftragen lassen und Zigarren rauchend und Wein trinkend sitzen bleiben, um Beziehungen zu pflegen oder kleine Pakte zu schmieden, die keine Weltgeschichte machen werden. Ob auch Herr Bundespräsident Scheurer von der Partei der freien Denker sei, fragt Deskaheh. Sein Gegenüber bestätigt.

Junod ist ein angenehmer Plauderer, denn er ist nicht auf kommentierendes Echo angewiesen. Er spricht über die Möbel aus furnierten Edelhölzern und weiß, dass sie nach Art des Jugendstils geschnitzt und mit ein paar Louis-Seize-Elementen versehen sind. Er weiß, dass in diesem Hotel 1912 mit viel Pomp der Empfang des deutschen Kaisers Wilhelm inszeniert worden ist. Er weiß, dass sich hier während des Weltkriegs das Hauptquartier des Schweizer Generals befand und Dutzende höchster Offiziere hier wohnten und arbeiteten. Er weiß, dass in diesem Hotel nicht nur Schweizer, sondern auch viele Amerikaner, Briten, Franzosen, Deutsche logierten und dass hier ein diplomatisches Dinner auf das andere folgte. »Alle Kriegsparteien hatten ihre Spione im Bellevue Palace«, erzählt er. »Es war eine Drehscheibe der Geheimdienste auf neutralem Boden. Sagt man wenigstens.« Deskaheh schaut sich um, kann aber keinen isoliert sitzenden möglichen Geheimdienstler entdecken. Und Junod erzählt die Geschichte des Spezialkorrespondenten der Daily-Mail, der 1915 im Hotel verhaftet worden war; der Hoteldirektor hatte gegenüber Untersuchungsbehörden dessen Pseudonym gelüftet. Eine aufsehenerregende Angelegenheit damals.

Irgendwo ertönt ein Alphorn, es kommt offenbar von der Aarematte her. Die Klänge und ein goldgelbes Föhnloch fordern die Männer aus Genf auf, die eisige Veranda zu betreten. Die Alpen scheinen zu glühen. Im Vordergrund fällt der Blick auf die filigrane Struktur einer

Brücke. »Superb«, sagt Junod. Auf dem Geländer hat sich ein Rabe niedergelassen, der Deskaheh ununterbrochen anstarrt. Auch als Deskaheh zwei Schritte auf ihn zugeht. »Noch ein Bote aus meiner Heimat«, sagt Deskaheh. »Was sagt er?«, wagt Junod zu fragen. »Er bringt mir die Unterstützung meines Volkes.«

Zwei Männer sind eingetreten, einer mit leicht hinkendem Gang: »Der Bundespräsident«, flüstert Junod. Die Ankömmlinge setzen sich an ein reserviertes Tischchen in einer Ecke. Unaufgefordert bringt der Kellner eine Karaffe Wein. Junod geht hinüber und verbeugt sich. Dann winkt er Deskaheh hinzu: »Herr Bundespräsident Scheurer«, stellt er vor, »Deskaheh, Speaker of the Six Nations.«

»Und Vorsteher des Eidgenössischen Militärdepartementes«, ergänzt der Angesprochene in einem Französisch, das der Krücken bedürfte. »Ich hoffe, Sie sind kein armeefeindlicher Sozialdemokrat, der von Frieden redet und in Wirklichkeit Klassenkampf betreibt.«

Der Mann wirkt nicht eben eindrücklich für einen Staatschef: Kneifer mit starkem Bügel über der Nase. Gepflegter Schnauzer; streng zweigeteilt wischt ein Haarbusch links und einer rechts über die Mundwinkel. Etwas gewöhnlich, findet Deskaheh. Aber sieht sein eigenes Gesicht wie das eines Staatspräsidenten aus?

»Ich bin in friedlicher Absicht hergekommen«, erklärt Deskaheh, sich verbeugend. Der Begleiter, offenbar der Sekretär des Bundespräsidenten, lädt zum Sitzen ein.

Scheurer, der Bundespräsident, etwas wortkarg, spricht bedächtig: »Reiten Sie?«, fragt er.

Als Deskaheh verneint, fährt der Bundespräsident fort: »Ich habe einmal reitende Indianer im Zirkus gesehen.

Ich selber hatte einen Reitunfall, dessen Folgen ich heute noch spüre, und halte mich leider nur noch mit Mühe auf dem Pferd.«

Der Sekretär zieht ein Dossier hervor: »Wir haben wahrgenommen, dass in der Öffentlichkeit ein großes Interesse an Ihren Ausführungen besteht, und haben darüber einen Bericht erstellt. Nach unseren Informationen«, er wendet sich zum Bundespräsidenten, »wurden die Vorträge, die Herr Deskaheh in verschiedenen Städten hielt, von insgesamt siebzehntausend Personen gehört, und alle haben sie den vom Irokesenhäuptling vorgelegten Entschließungen zugestimmt. Über die Versammlungen wurde in ungefähr hundert schweizerischen Zeitungen berichtet.«

»Bemerkenswert«, nickt Scheurer. »Wir finden auch bemerkenswert, dass das Ministerium für auswärtige Angelegenheiten in Montreal meinte, mit einer offiziellen Antwort gegenüber dem Generalsekretariat des Völkerbundes reagieren zu müssen, obschon sich die Verantwortlichen des Völkerbundes in Genf von Anfang an auf den Standpunkt gestellt haben, dass die Eingabe der Irokesen eine rein interne Angelegenheit Kanadas sei und deshalb nicht verhandelbar.« Der Sekretär stenografiert mit.

»Summa summarum«, so der Bundespräsident: »Wir können Ihnen sagen, dass wir Ihren Appell der Rothaut zur Kenntnis genommen haben und dass wir prüfen, ob wir unterstützen können, dass er im Völkerbund dennoch diskutiert wird.« Deskaheh nickt. Als er etwas sagen will, bedeutet ihm Junod, zu schweigen. Scheurer scheint erleichtert und bemerkt noch: »Der Völkerbund sollte mehr für den Minderheitenschutz tun; ich betone immer wieder, dass der Völkerbund sehr viel Gutes leisten kann, wenn man ihm Zeit gibt.« Nun redet auch der Sekretär, schon fast im Plauderton: »Der Völkerbund ist an sich eine großartige Idee. Er ist sozusagen« – eine ausholende Geste begleitet die Ausführungen – »die schweizerische Neutralität in allen Konflikten, aber dies mondialement, weltweit, Sie verstehen: auf den Planeten ausgedehnt. Verbietet doch der Völkerbundspakt allen Staaten den Angriffskrieg und verpflichtet sie für den Fall einer Verletzung des Paktes zu gegenseitiger Hilfeleistung.«

»Nur leider«, so der Bundespräsident, »es menschelt überall. Wie übersetzt man das ins Französische?«

Der Sekretär: »Vielleicht brauchen wir darum auch genauso viel Zeit, wie es brauchte, um ein Sternensystem zu bilden.«

»Gut gesagt«, antwortet der Bundespräsident und klopft ihm auf die Schulter. Für ihn scheint der offizielle Teil damit abgeschlossen. Und so hat er plötzlich Zeit. Er will wissen, was Chief heißt, was Speaker heißt, und als er hört, dass Deskaheh Sitzungen des Rates der Six Nations leitet, bemerkt er: »Die Schweiz besteht aus zweiundzwanzig Nationen, und die sind sich nie einig.«

»Wie unser eigener Bund garantiert die Schweiz Redefreiheit«, sagt Deskaheh selbstbewusst. »Man kann hier öffentlich etwas sagen, auch wenn es den hohen Leuten nicht behagt. Wie bei uns.«

Der Generalsekretär bestellt noch eine Karaffe für den Präsidenten.

Endlich erhält Deskaheh etwas Raum. Ernsthaft erläutert er, wie Beschlüsse in seiner Heimat gefasst werden. Berichtet, wie einige Stammesvertreter mit den Kanus zur Versammlung kommen. Wie sie am Feuer sitzen.

Und plötzlich will es der Herr Bundespräsident genau wissen. Froh erläutert Deskaheh: »Der Feuerwächter formuliert die Streitfrage und legt sie zuerst den Stammesvertretern zu seiner Linken, dann den Delegierten zu seiner Rechten vor, die sich alle im Flüsterton unterhalten. Wenn die beiden Gruppen zu unterschiedlichen Urteilen kommen, wird die Sache weitergereicht an die Vertreter der Onondaga, die nur bei Uneinigkeit eine eigene Meinung äußern dürfen. Sie beurteilen die gefassten Beschlüsse im Licht der Tradition.«

»Zwei Kammern und eine Judikative«, sagt der Sekretär.

»Und wie wird entschieden, wenn es zu keiner Einigung kommt«, fragt der Präsident.

Deskaheh lächelt: »Dann entscheidet der Rat der Matronen.«

Um einem Weiberwitz zuvorzukommen, sagt Junod: »Der Gründungsvater der USA, Benjamin Franklin, hat sich das Verfahren der Six Nations zum Vorbild genommen, als er die erste Verfassung der Vereinigten Staaten entwarf.«

»Wir sind die älteste lebende Demokratie«, erklärt Deskaheh.

Das allerdings führt zu höflichem Gelächter.

»Die älteste lebende Demokratie mit Ausnahme der Schweiz«, antwortet der Bundespräsident, »die im 13. Jahrhundert von einem Mann mit Pfeil und Bogen gegründet wurde.«

»Unser Nationalheld Wilhelm Tell benutzte nämlich eine Armbrust«, ergänzt der Sekretär.

»Ich sehe einen Unterschied«, sagt Deskaheh. »In diesem Land sind alle Sprecher, und keiner hört zu.« – Es ist nicht sicher, ob der Bundespräsident die Spitze bemerkt hat. Leider muss er jetzt wirklich aufbrechen. »Empfang des päpstlichen Nuntius«, erklärt der Sekretär. Und Scheurer schließt: »Wahrscheinlich kommt der Mann in seiner Kirchentracht, das wird wieder ein Spektakel.«

Die beiden Schweizer Staatsmänner sind schon an der Tür, da hört man den Bundesrat, der offensichtlich schwerhörig ist und darum besonders laut redet, sagen: »Eine Rothaut geht zum Völkerbund. Die Leute werden auch langsam modern.«

ZWISCHENBERICHT

Als Dürrenmatt wieder einmal großzügig Flaschen aufgetischt hatte, sagte er zu uns, die wir die Motorradjacke auch bei Tisch nie ablegten: »Ich liebe Leute, die Trachten tragen.« Er hätte auch Deskaheh geliebt.

Das erzählte ich dann dem Antiquitätenhändler, der als guter Geschäftsmann wieder einmal nachfragte, wie es um die Sache stand, in die er mich verwickelt hatte. Mittlerweile stand ich in freundschaftlicher Beziehung zu ihm. Sein eigener Casus war für mich ja abgeschlossen.

Ich legte ihm gern einen Zwischenbericht ab. Erzählte, dass ich noch einen vierten, wenn auch kleinen Quellenbestand entdeckt hatte: die Akten des Bundesrats im Bundesarchiv über die Petition der Six Nations. Er sagte nur: »Sie sind eine gute Jägerin.«

Und plötzlich: »Wissen Sie jetzt, wie Deskaheh gestorben ist?«

»Ich bin noch nicht so weit.«

»In meiner Familie erzählt man sich, dass er umgebracht wurde.«

»Umgebracht?«

»Ja, aber vielleicht war das nur ein Gerücht.«

TEIL III

20

Es kommt alles zum Stillstand. Vom Bundesrat ist nichts mehr zu hören. Die Herbstsession des Völkerbunds ist vorbei, die Frühjahrssession noch weit. Alle Welt versinkt in Weihnachtsgefühlen.

Nur die Schreibmaschine in einem Zimmerchen in der Genfer Pension Racine klappert. Mit den Entwürfen seiner Briefe und Stellungnahmen geht er zu Hedwige, die diese korrigiert. Dann wieder einsames Tippen. Oft lässt er sich von ihr die Briefe und Petitionen ins Reine schreiben.

In Italien ist ein neuer starker Mann Premier geworden; Deskaheh schreibt dem »Signore Mussolini« und bittet um ein Gespräch. Leider antwortet der nicht. Deskaheh schreibt an Seine Exzellenz aus China, Mr Tang-Tsai-Fou, denn China ist antiimperialistisch. Schreibt zum wiederholten Mal an den Außenminister von Persien, Prince Arfa ed Dowleh, der in Monaco residiert.

Einige Briefe versucht er persönlich zu überreichen. Längst weiß er, wo die Völkerbundsvertreter logieren. Passt sie vor den Hotels ab. Den Hotels rund um den Bahnhof. Dem Hotel de l'Angleterre, wo Briten und Kanadier absteigen. Dem Grand-Hotel de Russie, obwohl die Russen nicht im Völkerbund sind; die russische Revolution genießt bei einigen Völkerbundsdelegierten hohes Ansehen, und darum logieren sie dort. Dem Hotel de l'Europe. Dem Hotel de la Paix. Aber selten trifft er einen wichtigen Mann.

Damen mit Capes, mit Hüten wie Lampenschirme, manchmal mit Spitzenschleier vor den Augen, gehen durch die goldumrandeten Drehtüren ein und aus. Herren mit Rock und vornehmen Hüten, manchmal mit Spazierstock, gelegentlich ein Uniformierter mit einer Feder am Militärhut.

Er sieht sie die Kutschen besteigen. Er selber steht manchmal im Schatten, dort, wo die Bogenlampen mit ihrem Eisenguss-Zierrat die Straße nicht beleuchten. Blickt vom Schatten ins Licht, in seinem verbeulten Straßenanzug sieht er aus wie der Tramp, den Charly Chaplin auf die Leinwand gebracht hat.

Durch die Drehtüren gehen aber vermutlich nicht nur honorable Persönlichkeiten, sondern auch Schieber, Kriegsgewinnler, Wucherer, staatenlose Ausländer, Spione und politische Agitatoren. Halbweltler, von Krieg und Krise über die Jahre angeschwemmt.

Regelmäßig trifft er Mr Huntington in einer Kneipe in Plainpalais, trinkt ein Glas Milch oder einen Kaffee und spricht mit ihm über Strategie und Taktik.

Hedwige spürt, dass ihr Freund im Nebelgrau zu versinken droht. Sie lädt ihn zu einem Unterhaltungsabend im Kursaal ein. Folklore aus der Heimat ihres Vaters, wie sie erläutert. Ein Chor singt Volkslieder, die roten Oberteile ihrer Trachten aus dem Engadin leuchten. Sie erinnern ihn an die kanadischen Rotjacken, nur dass die Leute auf der Bühne friedlicher sind, abgesehen von dem

Mann mit der Armbrust, der auftritt und einem Buben einen Apfel vom Kopf schießt. Eine klein gewachsene Artistin, sie ist nicht hübsch, aber athletisch gebaut, spielt Harmonika und macht dazu Sprünge, Grätschen und stößt ab und zu seltsame Schreie aus. Er hat den Eindruck, auch hier Indigene zu sehen.

An solchen Abenden mit Hedwige fühlt er sich wohl, und er erzählt ihr gern von seiner Heimat. Dass Kanada ein indianisches Wort sei; auch Quebec, Toronto, Winnipeg seien indianischen Ursprungs. Kanada heiße einfach Dorf oder Siedlung. Die Indigenen würden ein Land eben prägen, sagt er. »Die später Gekommenen versuchen dann, sie auszutilgen. Die später Gekommenen, die Ausländer.« – »Man muss die Ausländer eben einbürgern«, erklärt sie, »dann hören sie auf, Ausländer zu sein. Wenn nötig, mit Zwang.« Das ist ein Vorschlag, der in der Schweiz herumgeistert. »Sollen wir die Weißen zu Stammesangehörigen machen?«, fragt er zurück. »Wir haben einige aufgenommen, aber es sind zu viele. Der Laubfrosch kann den Storch nicht fressen.«

Sie hört ihn gern plaudern. Sie diskutiert gern mit ihm. Auch wenn sie bei Meinungsverschiedenheiten bald verstummt. Er ist der Chief.

Diese Nacht schreibt er wieder einmal einen Brief an seine Familie. Er sei pausenlos tätig, schreibt er. Verfasse ununterbrochen Bittschriften, kopiere Dokumente, schreibe und beantworte Briefe. Von Hedwige sagt er nichts. »Ich habe viel zu tun.«

Huntington drängt ihn: »Lassen Sie sich von einem alten Großwildjäger etwas sagen. Wenn die Herde nicht vor der Flinte erscheint, muss man die Tiere mit der Flinte aufsuchen.«

An einem Wochenende ist Deskaheh verschwunden. Hedwige hat ihn zu einem Adventskonzert eingeladen. Deskaheh taucht nicht auf. Er ist weg, einfach weg.

Nun, er ist Chief. Er ist niemandem Rechenschaft schuldig. So weiß auch von der Irokesenkommission niemand, wo er steckt.

Vielleicht flüchtet er vor dem miserablen Wetter. Vielleicht flüchtet er vor dem erfolglosen Tun. Vielleicht flüchtet er vor Hedwige. Vielleicht ist er nach Kanada zurückgekehrt, aus Sehnsucht nach seiner Familie. Er hat angekündigt, dass er bald zurückkehren muss. Der kleine Bär hat es ihm gesagt und der Rabe.

Später klärt es sich. Deskaheh ist mit Huntington in Paris. Dort beginnt eine Sitzung des Völkerbundsrates, die überraschenderweise in die französische Hauptstadt verlegt worden ist.

Er hat Miss Robertson Matheson eine Hoteladresse genannt, doch ist er dort nicht zu finden, weil er in ein anderes Hotel umgezogen ist. Die britische Lady meldet nach Genf, dass sie in höchster Sorge sei. Wenn er nicht bald auftauche, müsse man unbedingt nach ihm suchen. »Er ist zwar groß und stark, und ich hoffe, er kann sich, wenn nötig, verteidigen … Aber. Man weiß nie.«

In Paris will Deskaheh lobbyieren, seine Sache vorantreiben.

Die Straße seines Hotels ist nach Benjamin Franklin benannt, das ist der Mann, der die Irokesenverfassung studiert hat. Ein gutes Omen. Von einem Gast erfährt er, dass kürzlich auch Plains-Indianer aus Wyoming da gewesen seien, vom Stamm der Arapahos. Der Gast weiß: Sie haben gegen ihre Diskriminierung durch die USA protestiert. Es hat einen Aufruhr gegeben; der Zugverkehr im Bahnhof ist unterbrochen worden.

Um den Irokesen-Chief gibt es keinen Aufruhr. Kein Journalist begrüßt ihn. Niemand nimmt ihn wahr.

Immerhin darf er im Hôtel de Ville eine öffentliche Sitzung des Rats von der Tribüne aus verfolgen. Da sieht er einige Herren einmal aus der Nähe. Sie diskutieren über die Zugehörigkeit eines Gebietes am Fluss Memel in Ostpreußen. Es scheint überall dasselbe zu sein; Streit um Territorien. Interessant: Das Gebiet soll unter die Aufsicht des Völkerbundes gestellt werden.

Er wartet vor dem Rathaus auf die Heraustretenden. Es gelingt ihm, zwei Delegierten, die er kennt, die Hand zu schütteln.

Anderntags treibt er sich vor dem Hotel Astoria herum.

Einmal kann er den Sekretär des Ratsvorsitzenden am Rock fassen. Der teilt ihm mit, dass die Frage der Six Nations »von großer Delikatesse« sei. Ein Diplomat, der seinen Namen nicht nennt, erklärt, dass so mancher Delegierte fürchte, man könnte »die Sensibilitäten des Löwen hinter dem Thron« verletzen. Großbritannien.

Deskaheh und Huntington stehen in der Nähe ihres Hotels vor dem imposanten Palais du Trocadéro, einem üppig verzierten Belle-Époque-Kasten, und schauen hinüber zum Champs de Mars und zum Eiffelturm, der Deskaheh nicht gefällt. In dieser Art sind in seiner Heimat Eisenbahnbrücken gebaut worden. Als junger Mann ist er auf den Streben herumgeklettert über dem wirbligen Wasser des Niagara, obwohl das streng verboten war. Huntington erklärt, dass Mars ein Kriegsgott sei. Deskaheh: »Die westliche Welt hat wohl ziemlich viele Kriegsgötter gebraucht.«

Deskaheh gibt nicht auf. Er besucht zusammen mit seinem Freund den Grafen Ishi, ein Mitglied aus der japanischen Delegation, der sich allerdings außerstande sieht, sich des Anliegens anzunehmen, weil Japan selbst noch ein paar Probleme mit Großbritannien habe. Die beiden sprechen mit dem Delegierten aus Uruguay, der sich optimistisch gibt. Mit dem Delegierten aus China, der sagt, dass sich sein Land aus dem Völkerbund zurückziehen wolle. Mit dem Delegierten Brasiliens, der sich alle Punkte sorgfältig notiert. Mit dem Delegierten der Niederlande, der anregt, Deskaheh solle eine Vortragstour durch ganz Europa machen. Mit dem Delegierten Italiens, der sagt, er zweifle daran, dass die Six Nations einen Staat nel senso proprio darstellten.

Es sind seltsame Weihnachtstage. Weil er vor Heiligabend nicht mehr viel erledigen kann und Herr Huntington eine Verabredung hat, besucht Deskaheh einen Schwurgerichtsprozess im Palais de Justice. Es sei immer unterhaltsam und lehrreich, hat ihm Huntington gesagt. Trotz riesigem Andrang gelangt Deskaheh in das ehrwürdige steinerne Gebäude, er zeigt seinen Irokesenausweis und erklärt, er sei ein diplomatischer Beobachter. Was er sieht, zeigt ihm: Es gibt viel Diebstahl und Rauferei in der Hauptstadt dieser Kulturnation.

Als er am Weihnachtsabend arbeiten will, wird er vom Lärm auf der Straße gestört. Réveillon wird gefeiert mit Freudentänzen und Harmonikamusik. Vernehmbar ist der Ausruf eines Zeitungsjungen, der das Urteil in einem sensationellen Mordprozess verkündet. Eine Anarchistin namens Germaine Berton hat einen prominenten Befürworter der Wiedereinführung der Monarchie ermordet und ist freigesprochen worden. Die junge Frau hat ihre

Tat gestanden und nicht bereut. Seltsame Sitten, findet Deskaheh. »Frieden für alle, Gerechtigkeit für alle«, habe ihr Verteidiger dem Gericht mit dröhnender Stimme entgegengerufen. »Politische Erwägungen gaben den Ausschlag zu diesem Urteil«, kommentiert die Zeitung: »Die Anarchisten genießen zu viele Sympathien.«

Das Jahresende fällt dann buchstäblich ins Wasser. Sintflutartiger Regen. Das Wasser schwappt über die Ufermauern. Keller werden überschwemmt. Bahnhöfe müssen geschlossen werden. Deskaheh betet viel.

21

An Silvester ist er zurück in Genf. Es schneit, und es ist kalt. Er flüchtet sich in Hedwiges Arme. Sie rät ihm bei Tee und heißer Milch: »Bitte deine Brüder und Schwestern, dass sie Zeremonien für dich organisieren. Ich glaube, du brauchst Hilfe.«

Er diktiert einen Brief an seinen Bruder Alexander. »Es wäre gut, wenn ihr eine Versammlung im Langhaus abhalten würdet. Aber ihr sollt nur die aufrichtigen Anhänger des Langhauses und die Kinder zusammenrufen. Ihr müsst die Pfeife auf die alte Art und Weise benutzen, wenn ihr den großen Geist anruft, der uns helfen soll.«

Sein Anliegen wird von den Völkerbundspolitikern auf die lange Bank geschoben. Immer wieder werden neue Gründe vorgebracht, warum es nicht behandelt werden kann. Er ahnt, dass seine Mission gescheitert ist. Und bleibt trotzdem. Er hat seinem Volk versprochen, alles zu tun. »Bleiben Sie«, schreiben ihm Freunde aus London: »Es geht um das Überleben der Irokesen als Rasse.«

Er schaut aus dem Fenster, im Rahmen ist ein Herbstblatt stecken geblieben. Er ist auch ein fallendes Blatt. Und ebenso bedeutungslos. Wie erzählen sich die Alten die Geschichte über die Entstehung der Erde? Deskaheh erinnert sich an die Legende, meint zu hören, wie die Alten sie im Langhaus vortragen.

Das Land über dem Himmel war einst bewohnt von höheren Wesen, über denen der Große Geist residierte. Seine Tochter wurde schwanger durch eine ungehörige Verbindung. Da riss der Große Geist einen Baum samt Wurzeln aus und warf die Tochter durch das entstandene Loch hinaus. Vorher aber sagte er zu der großen Schildkröte, sie solle mit Schlamm auf dem Rücken vom Grund des Wassers auftauchen und die Tochter auf der Oberfläche des Wassers auffangen. Und so formte diese auf dem Schild der Schildkröte die Erde, die anfänglich nur eine kleine Insel war.

Wie unwichtig ist angesichts solch großer Ereignisse die Reise eines Aboriginals nach Genf. Sie ist weniger als der Stoß eines Schildkrötchenfüßchens im Wasser.

Andere Fragen beherrschen die Schlagzeilen. In Russland ist Herr Lenin gestorben. Er weiß jetzt, das ist ein Bolschewik. Führer einer Revolution, auf die das Augenmerk der Welt gerichtet ist. Der Mann habe Europa aufs Haupt gespuckt, schreibt ein Kommentator. Russland gehört nicht zum Völkerbund. Darum zieht es viel Aufmerksamkeit auf sich. Auch der Kriegsverlierer Deutschland ist ausgeschlossen; viele bemühen sich um seine

Mitgliedschaft. Nicht dabei sind auch die USA, welche die großartige Idee der Völkervereinigung gehabt haben und dann doch nicht mitmachten. Wenn man sich um den Beitritt dieser Länder bemüht, warum dann nicht auch um den Beitritt der Six Nations?, fragt sich Deskaheh. Gibt es ein Thema, das wichtiger ist als das Existenzrecht einer Nation?

Die schlechten Nachrichten häufen sich. Das gedruckte Pamphlet der Irokesen soll nicht offiziell an die Delegierten verteilt werden. Es braucht einen Beschluss der Versammlung.

Wie ein Bettler wartet er wieder vor Sitzungszimmern und Kongresssälen. An ihm vorbei defilieren Herrenanzüge mit Stehkragen, lange Pelzmäntel, Uniformen, hohe Hüte, dunkle Jacketts, Spazierstöcke. Gelegentlich eine Dame mit wehender Stola; eine Dolmetscherin oder eine der wenigen Bürgerrechtlerinnen, die es in eine Delegation geschafft haben. Gelegentlich grüßt ein Herr Delegierter mit dem Stockknauf. Den einen oder anderen verwickelt er in ein Gespräch, nein, zwingt es ihm geradezu auf.

Als es ihm gelingt, Lord Robert Cecil, britisches Delegationsmitglied, anzusprechen, antwortet der trocken: »Sprechen Sie mit meinem Sekretär«, und geht weiter. Es ist ein Peitschenhieb, wie sie Sklavenhalter austeilen, wenn ihnen ein Dreckskerl die Stiefel leckt. Zu seiner Entourage sagt Cecil vernehmlich: »Man kann die Geschichte nicht rückgängig machen. Der Völkerbund hat die Dinge zu nehmen, wie sie sind. Müsste er jede Klage behandeln, die eine Volksgruppe vorbringt, würde die letzte zur Anhörung kommen, wenn das Jahrzehnt zu Ende geht.«

Nachdem von den großen europäischen Ländern keine Unterstützung kommt, setzt Deskaheh auf die kleinen Länder, die selber von den großen Imperien missachtet werden. Albanien, Irland, auch Persien – der Delegierte mit dem Fez und dem Stöckchen scheint besonders erbost über die Briten.

Doch der britische Löwe faucht. Er sieht sich herausgefordert durch eine Unabhängigkeitsbewegung in Indien. Durch Separatisten in Irland. Hat Krieg geführt im Iran. Nun schreibt die Krone, wenn der Iran sich zum Anwalt der Six Nations aufspiele, werde man das als »impertinente Einmischung« ahnden. »Eure jetzige Regierung ist nur dank uns an die Macht gekommen.« Das Fauchen zeigt die beabsichtigte Wirkung.

Den Niederländern aber, die partout nicht von ihrer Unterstützung ablassen wollen, erklärt Großbritannien mit freundlichstem Lächeln, dass auch sie kolonialisierte Völker verwalteten, die ebenfalls Protest erheben könnten.

Und da Sir Drummond, der Generalsekretär des Völkerbundes, ein Brite ist, setzt die Krone ihren Willen immer durch.

Deskaheh zielt also noch höher. Warum wendet er sich nicht an den Papst – den Chef der Christenheit, Künder des Friedens zwischen den Menschen? Auf diese Idee hat ihn ein Schweizer Katholik gebracht. Nun will Deskaheh wirklich zu Papst Pius XI. in Rom gehen, wie er Hedwige erzählt. Die verliert ob des Vorschlags ihre Zurückhaltung. Zum ersten Mal schüttet sie puren Hohn aus über ihren Freund: »Ausgerechnet Hilfe vom Papst! Die Anhänger des Langhaus-Glaubens und der alten Traditionen am Grand River würden die Welt nicht mehr verstehen.

Oder jedenfalls ihren Chief nicht. Das sind keine Prinzipien.«

Deskaheh wird weder den Papst noch Herrn »Mussolini« besuchen.

Er studiert an immer neuen Taktiken herum. Ist am einen Tag von dieser Idee überzeugt und am andern von der nächsten. Auch beim Fischfang braucht es manchmal einen Wechsel der Taktik. Einmal holt man die Fische mit der bloßen Hand unter den Steinen hervor. Ein andermal trifft man sie mit dem Speer. Er will nicht mehr nur den Gerichtsfall vor den Völkerbund bringen. »Ist es wahr, dass Sie die Aufnahme der ganzen Gemeinschaft der sechs Irokesenstämme in den Völkerbund verlangen?«, fragt ein Journalist. – »Gewiss! Warum auch nicht«, erwidert Deskaheh. »Wenn wir Mitglied werden, sind sie gezwungen, all unsere Dokumente zu studieren.« Der Journalist antwortet unverblümt: »Ich kann Ihnen im Interesse Ihrer guten Sache nur raten, solch übertriebene Forderungen aufzugeben. Die Ablehnung des Gesuchs wäre Ihnen gewiss.«

Auch die Londoner Anti-Slavery and Aborigines' Protection Society plädiert für Mäßigung. Ein Vertreter ist zu einer Sitzung der Irokesenkommission nach Genf gekommen. Der Chief möge nicht für Mitgliedschaft, sondern für einen Minderheitenstatus innerhalb Kanadas plädieren. Doch Deskaheh reagiert unwirsch auf Vorschläge, die leugnen, dass hier ein Konflikt zwischen souveränen Staaten vorliegt. Die Six Nations sind keine Minderheit, sie sind eine selbstständige Nation.

Die Verwirrung in den eigenen Reihen wächst, als in Europa ein Mann auftaucht, der sich Weißer Elch nennt. Ein Indianer ohne Mandat, er ist von den USA direkt nach Italien gereist. Er residiert in Hotels, gibt großartige Pressekonferenzen. Und wird vom Papst empfangen. In Bellinzona fällt er auf, weil er einem Gepäckträger fünfzig Franken Trinkgeld gibt. Die Zeitungen enthüllen, dass er ein in den USA geborener Schauspieler sei, der bei Filmaufnahmen einen Indianerhäuptling gespielt habe. In diese Rolle lebte er sich ein. Und nahm die Kostüme gleich mit. Ein Hochstapler erster Güte.

»Herr Deskaheh; Sie haben nur einen Irokesenpass?«

Es wird alles zu viel. Der Karren steckt im Sumpf.

Das neblig nasse Wetter schlägt aufs Gemüt. Eine Grippewelle zieht durchs Land. Nach einer Phase Anfang März mit Tauwetter und Föhn schlägt der Winter Anfang April schon wieder zu. Der ist windig und kalt, der Himmel bedeckt.

In diesem Frühling, der seinen Namen nicht verdient, erkrankt Deskaheh an einer schweren Erkältung. Für eine Woche ist der Indianer außer Gefecht gesetzt. Hedwige macht sich zu Fuß zu ihm auf, lässt das Fahrrad zu Hause. Die wenigen Automobile, die unterwegs sind, rutschen mehr, als dass sie fahren.

Hedwige bringt sein Zimmer in Ordnung. Sie kocht für ihn, damit er richtig isst. Sie flickt ihm die Socken. Sie bringt ihm Medikamente.

Draußen stürmt es. Donner und Krachen.

In einer dieser fiebrigen Nächte sieht er sein Volk tanzen. Er hört die Rasseln. Die Tänzer schreiten im Rhythmus um das lodernde Feuer. Der Leader singt, die Nachfolgenden antworten im Chor. Immer mehr Menschen stoßen dazu. Wenn ein Kreis voll ist, wird ein zweiter gebildet. Und so fort. Die Kreise verwandeln sich in eine Schlangenspirale.

Der Sprecher ruft mit den rituellen Worten die höheren Mächte herbei. »Wir wenden uns an den Geist des Donners. Der Große Geist hat ihn beauftragt, Wasser zu bringen, um die Erde zu nähren. Damit alle Pflanzen wachsen. Wir wenden uns an unsere Großmutter, den Mond. Als der Große Geist sie ernannte, gab er ihr die Macht, hoch oben in der Höhe zu reisen, wo die Völker sie sehen können, wenn es auf der Erde dunkel ist. Wir wenden uns jetzt an unseren Großen Bruder, die Sonne …«

Die Trommelschläge vermischen sich mit seinen Herzschlägen, sein ganzer Körper bebt.

22

In Kanada verfolgen der Innenminister und der stellvertretende Generalsuperintendent für indianische Angelegenheiten jeden Schritt, den der irokesische Aufrührer im fernen Europa macht.

Ihnen werden die Depeschen eines Ministers weitergereicht, der zur kanadischen Delegation beim Völkerbund gehört. Diesen entnehmen sie, dass Deskaheh einigen Delegierten Eindruck macht.

Der kanadische Delegierte hat noch eine Rechnung mit den Six Nations offen. Er hat seinerzeit als Regierungsmitglied Gelder aus einem für die Förderung der Six Nations bestimmten Fonds genommen, um den Grand River für den Güterverkehr auszubauen. Das dient ja der Entwicklung des Indianerlandes. Doch ist das Projekt gescheitert. Und das Geld ausgegeben. Wenn die Six Nations nun immer wieder Gelder aus diesem Fonds zurückverlangen, richtet sich das direkt gegen ihn und seine damalige Amtsführung.

Persönlich hat Deskaheh den Mann allerdings nie kennengelernt. Er trachtet danach, den kanadischen Delegierten möglichst nicht unter die Augen zu kommen. Und diese finden die Forderung der Irokesen schlicht absurd: »Soll die Welt aus mikroskopisch kleinen Nationen bestehen wie ein Mückenschwarm?«, fragt der delegierte Minister in seinem Büro eine Sekretärin. »Der Völkerbund will die Einigung, nicht die Spaltung.« Die Sekretärin nickt.

Er warnt also Ottawa, dass Deskahehs Einfluss wachsen könnte. Und leitet auch die Falschmeldung weiter, dass der Völkerbund formell eine Untersuchung gegen Kanada angeordnet habe. Das ist Zunder unter den Hintern seiner Regierungskollegen.

Innenminister Stewart muss sich fragen, wie er reagieren soll. Schließlich ist der Indianer vom Grand-River-Gebiet ein Problem Kanadas, auch wenn er jetzt in Genf trommelt, und keine Sache für eine internationale Behörde. Angesichts des wachsenden Drucks, der nun von außen kommt, überlegt sich Stewart sorgfältig den nächsten Zug gegenüber den unbotsamen Leuten am Grand River. Der Weg, den Indigenen mit Verständnis zu begegnen, scheint nirgends hinzuführen. Deskaheh wird sich nicht in eine Schiedsgerichtskommission einbinden lassen.

Stewarts Untergebener sondiert die Stimmung im Grand-River-Land. Im Rat der Six Nations hat ein Stellvertreter von Deskaheh jetzt den Vorsitz.

Scott wird zu den Beratungen zugelassen. Aber der amtierende Chief nimmt keine Rücksicht auf ihn. Ungerührt führt er die Debatten in seiner indianischen Muttersprache. Als Scott insistiert, steht einer auf und sagt auf Englisch: Ihr bevormundet uns wie Kinder. Und verspekuliert unsere Gelder in großartigen Schifffahrtsprojekten, die nicht zustande kommen.«

Das allerdings muss sich Scott nicht bieten lassen. »Ihr Indianer seid kindisch, unwissend und unfähig zu einer rationalen Diskussion«, brüllt er in den Saal.

Die Indianer lassen sich nicht beeindrucken. »Letztes Mal beschimpften Sie unser System als Frauenregiment«, fährt der Redner in Englisch weiter. »Was haben Sie jetzt gegen unsere Kinder?«

»Deskaheh muss ausgeschaltet werden«, rapportiert Scott. Der Innenminister ist zum selben Schluss gekommen.

»Luxushotels und Frauen. Wir werden ihm das süße Leben, das er in Genf führt, versalzen«, sagt Scott leise durch zusammengepresste Lippen.

Rachel, Deskahehs Tochter, ist es, die Deskaheh warnt. Ihm drohe Gefahr, wenn er zurückkehre. Briefe, die er nach Hause schreibt, würden geöffnet. Die kanadische Regierung habe Angst vor ihm und giere, ihn ins Gefängnis zu werfen.

Erst nach langem Schweigen übermittelt Kanada seine Antwort auf den Appell der Rothaut, den Deskaheh inoffiziell unter den Völkerbundsdelegierten verbreitet. Punkt für Punkt wird in Kanadas Memorandum widerlegt, dass es sich um einen zwischenstaatlichen Konflikt handle. Mehr als dreißig Seiten umfasst die Schrift. »Der Vertrag von Gouverneur Haldimand vom 25. Oktober

1784, der durch das Dokument von Vizegouverneur Simcoe 1793 bestätigt wurde, enthielt eine bedingte Garantie zur Besiedlung von Territorium und implizierte in keiner Weise irgendeine politische Anerkennung«, ist darin zu lesen. Und: »Das Land war ohne Zweifel weiterhin Hoheitsgebiet der Britischen Krone. Und Kanada ist der legitime Nachfolger dieses Staatswesens, wie es auch Winston S. Churchill jüngst bestätigt hat.«

Als Zweites plant die kanadische Regierung Schritte im Reservat selbst. »Sie sind ein bisschen forsch vorgegangen mit Ihren Razzien«, sagt Stewart zu Scott. »Sie können die Rothäute nicht per Schlagstock zu kanadischen Bürgern machen. Ein Gärtner bringt eine Knospe auch nicht mit Gewalt zum Blühen.«

Scott trotzig: »Wir haben nie Militär geschickt, nur Polizei. Diese Knospe muss man ausreißen. Wir haben lange genug zugeschaut. Die Erbchiefs sind reines Mittelalter.«

Stewart: »Wobei man zugeben muss. Hiebe sind Hiebe.«

Scott: »Man muss unterscheiden zwischen Hieben, die zur Erziehung beitragen, und solchen, die nur zu Schmerzen führen sollen.«

Stewart: »Wir haben die Stämme eher gegen uns vereinigt, als wir uns daranmachten, einzelnen Individuen die kanadische Staatsbürgerschaft anzubieten und sie so aus dem Stammesverband zu lösen. Wir brauchen ein subtileres Projekt.«

»Die Wilden sind politischen Projekten gegenüber prinzipiell unzugänglich. Das ist meine Erfahrung«, erklärt Scott. »Wir wollen ja schon lange, dass die Herrschaft der alten Weiber durch ein System der Mehrheitswahl ersetzt wird. Aber sie weigern sich. Man muss ihnen die Demokratie eben doch einprügeln.«

Stewart: »Sagen wir besser, die Demokratie kübelweise über sie ausschütten. Da könnte ich mich einverstanden erklären.«

»Wie stellen Sie sich das vor?«, fragt Scott. »Die Indianer sind gegen alles. Die richterliche Kommission, die über die Klagen der Six Nations zu befinden hat, wird von den Anhängern Deskahehs boykottiert.«

»Lieber Scott, Sie sind schon lange im Amt. Und deshalb abgebrüht. Oder soll ich sagen, desillusioniert. Wir werden einen Weg finden. Wir werden Herrn Deskaheh aus dem Spiel nehmen.«

»Wir machen uns vor aller Welt lächerlich, solange dieser Wanderprediger in Europa herumzieht«, sagt Scott.

»Klar ist, Chief Deskaheh vertritt nur eine Fraktion, beansprucht aber, für die Gesamtheit der Six Nations zu sprechen.«

Scott: »Aber der Rat ist einstimmig hinter ihm.«

Stewart: »Das zeigt, wie undemokratisch dieser Rat ist. Wir müssen die Entität wiederherstellen.«

»Die Entität, schön gesagt«, antwortet Scott.

»Ich kann Ihnen versichern, dass ich der Angelegenheit meine beständige persönliche Aufmerksamkeit widme«, erklärt Stewart. »Niemand weiß, was passiert, wenn ein Elch gereizt wird«, fügt er hinzu, »bedenken Sie das.« Und wendet sich ab.

Scott aber betrachtet die Sitzung noch nicht als beendet: »Typ alternder Buchhalter mit schwammig gewordener Hüfte, der komische Fastnachtsfedern trägt«, schimpft er weiter. »Oh nein, die heutigen Indianer sind leider keine Kinder des Waldes mehr.«

»Ich kenne Ihre Gedichte, lieber Scott«, antwortet Stewart und zündet sich behaglich eine Zigarre an. »Die Onondaga-Madonna habe ich sogar auswendig gelernt.« Und er zitiert, auf und ab schreitend:

»Sie steht da, diese Frau aus einer fremden und
  schwindenden Rasse
Das tragische wilde Lauern in ihrem Gesicht
wo ihre ganze heidnische Leidenschaft brennt und
  glüht
In ihr Blut gemischt sind ihre alten Feinde
und es pulsieren Krieg und Wildheit in ihren Adern
Ihre rebellischen Lippen sind feucht von den Resten
der Fehden und Streifzüge und vom Leiden ihres
  Vaters

Und im Schal ganz nahe an ihrer Brust
das jüngste Versprechen ihres untergehenden Volkes
blasser als sie, ein Baby, das sich an die Mutter
  klammert
Aus seinen Augen strahlt der Ur-Krieger
Es schmollt, und bedrückt in seiner Säuglings-
  stimmung
zieht es seine schweren Brauen zusammen und will
  nicht ruhen«

»Großartig«, sagt Stewart. »Mit dieser feinen Andeutung des Kannibalischen.«

»Ich habe es gedichtet, als ich mit einem Freund in einem Kanu einige Monate die Wildnis durchstreifte und im Zelt lebte. Ja, es ist leider eine fremde und verschwindende Rasse. Das Edle ist nicht mehr.«

23

Trotz seiner Erkältung, die er nicht wirklich loswird, arbeitet Deskaheh weiter. Dicker Pullover, dickes Halstuch, so verpackt, sitzt er am Tisch in seinem Zimmer, oft beim Licht der Gaslampe, und schreibt und schreibt. Ein Häuptling darf nicht ruhen.

Auch am Grand River liegt oft viel Schnee. Aber jetzt herrschen dort bestimmt schon milde frühsommerliche Temperaturen.

Deskaheh macht sich Gedanken über seine Abreise. Irgendwann muss er zurück. Auch wenn die Leute in Genf gut zu ihm sind. Auch wenn immer wieder Hoffnung aufflackert, dass die Frage der Six Nations doch noch auf die Agenda einer Völkerbundssession gesetzt wird. Wenn nicht auf dieser, dann auf der nächsten, oder der übernächsten … Auch geschlagene Krieger kehren zurück. Einem stärkeren Feind zu weichen, ist keine Schande.

Als der Husten auch im Mai nicht abklingt, rät ihm der Arzt, zu dem Hedwige ihn schickt, dringend zur Kur. Er redet von Lebensgefahr. Widerstrebend gehorcht Deskaheh.

Wenn Gott der Schöpfer das so will, muss er sich fügen.

Eine Zahnradbahn führt hinauf auf Genfs Hausberg, den Salève. Es ist die erste elektrische Zahnradbahn der Welt. Oben wartet ein Kurhotel, spezialisiert auf Tuberkuloseerkrankungen, die die Belle Époque verdüstert haben, die im Weltkrieg ihre Opfer forderten und nach wie vor um sich greifen. Der Mann mit dem Turban der Sikhs und der britische Kolonialoffizier, die beide eine Lungenkrankheit auskurieren, ahnen nicht, dass ein waschechter Indianer neben ihnen auf der Veranda liegt. In Wolldecken gewickelt wie alle.

Nun mag er nicht mehr schreiben. Sein diplomatisches Rührwerk ruht. Er verbraucht massenweise Taschentücher, schluckt schachtelweise Medikamente, trinkt seine geliebte Milch, mit Honig angereichert.

Hedwige bringt ihm Post. Ein aufmunterndes Schreiben der Kämpferin Robertson Matheson aus London. Einen Puttenengel aus Porzellan von Madame von Muralt aus Zürich. Eine Sendung aus Rochester. Sein Anwalt hat ihm ein Buch über Mahatma Gandhi geschickt. Deskaheh versteht die Botschaft. Freund Decker will ihn davon abbringen, weiter den Kriegspfad zu beschreiten. Aber das Buch ist wirklich interessant. Wegen seines Widerstands gegen den britischen Imperialismus wurde Gandhi verhaftet und zu sechs Jahren Gefängnis verurteilt. Und schon nach zwei Jahren freigelassen. Anfang des Jahres erst.

Huntington kommt auf den Salève hochgefahren. Den Geschichten des weltgereisten Abenteurers lauscht Deskaheh immer gern. Huntington erzählt, wie er als Fotoreporter über den Boxer-Aufstand in China berichtet habe, zusammen mit dem bekannten Schriftsteller Richard Harding Davis, der zu Beginn des Weltkriegs von den Deutschen als Spion verhaftet worden sei. Sie sitzen auf der Terrasse bei einem Getränk. Der Ophthalmologe Huntington, Spezialist für Nah- und Weitsicht, hat ein wunderbares Fernrohr dabei. Sie blicken hinüber auf blassgrüne Hügelketten, nicht unähnlich denen in

Kanada. »Milch ist ja gesund«, scherzt Huntington, »aber mit Whisky versetzt wirksamer als jedes ordinäre Heilmittel.« Deskaheh lehnt ab.

Als die Sonne untergeht, steht Hedwige wieder da und schlüpft unter seine Decke. Der britische Offizier fragt, wo man die Dame bestellen könne.

Hedwige ist jetzt seine Frau. Wenn eine Frau einen Mann während einer Krise unterstützt, wie Hedwige es bei Deskaheh tut, sind sie, gemäß der Tradition, Frau und Mann. Man lebt zusammen, man hilft einander, man hat sich gern. Das Leben geht Wege, die der Mensch nicht vorhersieht.

Immer wieder denkt er darüber nach, was der große Prophet der Irokesen sie gelehrt hat. Dass alle Menschen in der Welt Geschwister sind. Dass man den Frieden anstreben soll. Dass man verzeihen soll. Und er macht sich Vorwürfe, dass er vielleicht doch kein guter Anhänger des Langhaus-Glaubens ist. Manchmal sieht er keine Möglichkeit mehr, aus Feinden Freunde zu machen.

Im Traum erscheint ihm ein Weiser aus seinem Volk, der ihm Tee anbietet und zum Schluss die übrig gebliebenen Blätter in der leeren Schale betrachtet. Deskahehs Aussichten sind schlecht. »Möchten Sie Tee?«, fragt eine Krankenschwester, da wacht er auf.

Deskaheh schüttelt den Kopf.

Der Sommer ist auf seinem Höhepunkt. Und Deskaheh glaubt sich gesund. Das Juni-Meeting des Völkerbundsrats hat er verpasst. Vielleicht noch die Septembersession abwarten, denkt er.

Am Abend des 1. August spaziert er in der Ebene von Plainpalais. Der jahrhundertealte Feuerkult des Schweizer Nationalfeiertages fasziniert ihn. Die Uniformierten, die neben einem Redner stehen, erschrecken ihn, Dutzende Männer der Compagnie des Vieux Grenadiers mit bunten Jacken und Fellmützen. Das flammende Feuer gibt ihm Energie. Die Reden, die er nicht versteht, spornen ihn an. Er meint ihren Inhalt zu kennen. Er sagt sich: »Ich bin in der Lage, für das Selbstbestimmungsrecht der Nationen zu kämpfen. Es ist die Bestimmung meines Lebens. Auch ich bin ein Bürger. Aber ich bin ein globaler Bürger.«

Aus London erhält er betrübliche Nachrichten. Selbst von seinen Freunden in der »Anti-Slavery and Aborigines' Protection Society«. Er, Deskaheh, belaste mit seinem intransigenten Verhalten das Verhältnis zwischen Großbritannien und Kanada. Man zweifelt dort seit einiger Zeit nicht nur am Erfolg, sondern auch an der Berechtigung seines Anliegens. Vielleicht werden die Zweifel auch geschürt. Man habe Hinweise, dass Kanada gesprächsbereit sei. Die Schlichtungskommission der kanadischen Richter suche wirklich nach einer Lösung. Es taucht sogar ein Anwalt aus London in Genf auf. Es sei Zeit für einen Kompromiss. »Mister, Sie haben Ihr Bestes getan und den letzten Stein umgedreht. Ergreifen Sie jetzt die Chance zum Dialog.« Schließlich droht der Mann, die Londoner Society werde die Sache der Irokesen nicht länger unterstützen.

Auch das Schweizer Indigenenbüro drängt auf Gespräche und möchte den Status der Six Nations durch eine Schlichtungskommission beurteilen lassen. Es sei eine Frage des Pragmatismus, sagt Herr Junod.

Aus seiner Heimat kommen widersprüchliche Meldungen. Die kanadische Regierung hat einige verhaftete Stammesangehörige vorzeitig aus dem Gefängnis entlassen. Ein Gericht hat sogar festgestellt, dass kanadische

Gesetze nicht für Angehörige der Six Nations gelten, solange die Leute sich auf ihrem eigenen Territorium bewegen. Anderseits wird berichtet, dass die zehn auf dem Territorium stationierten Mounties sich unflätig verhalten würden. Ihr Kommandant fuchtle gern mit der Pistole herum. Er habe gesagt, dass man einen Teil des Volkes nach Südafrika oder Grönland deportieren solle.

Nur ein paar wenige Anhänger bleiben ihm treu in England und auf dem europäischen Kontinent. Sie versuchen alles, um doch noch einen Anhörungstermin bei einer einflussreichen Völkerbundsdelegation zu erwirken. Man dürfe sich nicht auf einen Kompromiss einlassen, schließlich ließe sich auch ein wildes Tier nicht zähmen. Doch es gibt beim Völkerbund keine einzige Delegation, die noch etwas mit den Six Nations zu tun haben will. Selbst die robuste Miss Robertson Matheson findet angesichts der Hoffnungslosigkeit der Lage, man müsse mit Kanada in Verhandlung treten und sich auf das vorgeschlagene Schiedsgericht einlassen. Miss Fleming-Gyll aber findet es weiterhin unzumutbar, sich einer Kommission auszuliefern, die verbindlich entscheiden kann. »Wenn Sie ein Röntgengerät hätten, um das Parlament von Kanada zu durchleuchten, würden Sie nicht einen einzigen ehrenwerten Mann finden«, urteilt sie. Sie schreibt noch einmal an den König; nur er kann es richten.

Deskaheh erklärt harsch: »Meine Meinung ist, dass man eher eine Nadel im Strohsack findet als in Kanada einen Richter, der den Six Nations günstig gesinnt ist. Und einen Richter von außerhalb akzeptieren die Kanadier nicht.« Deskaheh schickt ein Telegramm an seine Leute: »Six Nation Council, stand firm.« Gebt nicht nach! »Unparteiische Schiedsgerichtsbarkeit!« Das ist die Parole.

Aber er verfügt nicht über die Macht, um gegen Kanada zu bestehen.

Ein kanadischer Brigadegeneral im Ruhestand rät Deskaheh zum Krieg. »Als ich in Montenegro stationiert war, sagte ich den Leuten, dass der einzige Weg zur Unabhängigkeit darin besteht, dem irischen Plan zu folgen und jeden zu töten, der sich einem entgegenstellt.«

Doch Deskaheh weiß, er kann das Volk nicht mehr in den Krieg führen, es würde ihm nicht folgen. Er kann nicht Widerstand leisten, wie Geronimo es tat, der mit den letzten sechsunddreißig verbliebenen Kriegern kämpfte und doch kapitulieren musste. Eine militärische Niederlage wäre schlimmer als der bestehende Zustand mit einer ungeklärten Autonomie.

Es ist wieder Herbst geworden. Ganz so gut, wie er gemeint hat, geht es Deskaheh nicht. Er leidet unter Appetitlosigkeit. Spürt einen Druck auf der Brust. Hüstelt wieder. Nach Hause schreibt er: »Ich bin immer noch am Leben im Moment.«

Hedwige weiß, dass diese Krankheit nicht mit heißer Milch und Ingwertee zu heilen ist. Heimweh ist mit Tee nicht einmal zu lindern. Vielleicht mit Musik. Deskaheh darf ihren kleinen Chor die drei Etagen zur Orgel hoch begleiten. Wo er ein geistliches Chorstück hört, das ihr Vater komponiert hat. Aber sie weiß, dass Deskaheh nicht mehr an den Erfolg der Mission glaubt.

Dann bricht der ganze angestaute Groll aus ihm heraus. Mit ungewohnter Offenheit schreibt er in einem Brief an den Redakteur einer Schweizer Zeitung, der ihn um ein Interview gebeten hat: »Mein Herz ist gebrochen.

Ich muss feststellen, dass ich seit einigen Monaten gegen eine Mauer grausamer Indifferenz anrenne.« Und: »Nichts an der Haltung der Regierungen lässt mich noch weiter hoffen.«

24

Inspektor Morgan, der Direktverantwortliche für das Gebiet der Six Nations, steht steif wie ein Stock in Duncan Scotts Office. Neben ihm, ebenfalls stocksteif, ein Offizier der Mounted Police. »Nun machen wir Nägel mit Köpfen«, erklärt Scott, der stellvertretende Superintendent, von seinem Pult aus. Inspektor Morgan salutiert. Scott weiter: »Und zwar bevor die Regierung wieder Rücksicht nimmt auf Stimmen außerhalb des Kabinetts.« Der Inspektor nickt. Scott: »Womöglich auf die Weiber in der Philanthropisten-Szene.«

Scott ist aufgestanden und legt dem Offizier eine Hand auf die Schulter: »Ich übertrage Ihnen den Befehl über die Operation.« Salutierend nimmt dieser den Auftrag entgegen. »Genehmigen sich die Herren ein Glas?«, fragt Scott noch. Beim zweiten Schluck zitiert Scott sein Gedicht:

Sei stark, o kriegerische Seele. Denn bald
sind Könige nichts als Geister, vergehen Republiken
wie Regen,
Völker werden geerntet und eingesammelt wie Korn.

Die Herren applaudieren.

»Duncan Scott«, sagt Duncan Scott und lacht.

Dann geschieht es.

Per Telegramm erfährt Deskaheh in Genf die Nachricht:

»NEW COUNCIL TO BE CHOSEN BY KANADA AND SUSTAINED BY FORCE«

Putsch der kanadischen Staatsmacht am Grand River.

Am 17. September 1924.

Morgan persönlich leitet den Einsatz. Mit der Pistole am Halfter stolziert er in seinen Stiefeln in Ohsweken, der künftigen Hauptstadt des künftigen Irokesenstaates am Grand River, umher. Einige Frauen spotten: »Baron Münchhausen vom Indian Office.«

Sechzehn Mann der Mounted Police sind im Einsatz, ein großes Aufgebot an Macht. Der Einsatzleiter verliest ein Ultimatum: »Wenn der Rat der Indigenen sich weigert, das demokratische Wahlsystem anzunehmen, und weiter darauf besteht, dass die Erbchiefs durch Frauen ernannt werden, müssen wir ihn absetzen.«

Die Vereinigung der Krieger im Grand-River-Land hat die Regierung angeblich um die Intervention gebeten. Unter ihnen die Veteranen des Weltkriegs, die sogenannten Progressiven.

Der Stammesrat lehnt das Ultimatum während einer sofort einberufenen Sitzung ab und beschließt, seine regulären Monatsversammlungen künftig wie bisher durchzuführen.

Während Deskaheh die einsickernden Informationen allmählich zu einem Bild zusammensetzt, entwickeln sich die Dinge weiter.

7. Oktober 1924, Tag der ordentlichen Versammlung der traditionellen Stammesfürsten: Inspektor Morgan und der verantwortliche Offizier samt etlichen Rotjacken betreten den Versammlungsort des Stammesrates. Mit ihnen einige Oppositionelle, die Üblichen. Es gibt ein kurzes Handgemenge.

Vor den Delegierten erklärt Morgan den Rat der Six Nations für aufgelöst. Schweigen ist die Antwort. Schweigen, das Blut gefrieren lässt. Keiner greift zu seinem Messer, keiner zum Tomahawk. Jeder weiß: Gott ist Zeuge. Gott ist gerecht. Gott ist unerbittlich. Nur einer der Chiefs erhebt sich, um zu reden. Und schweigt dann, als hätte er vergessen, was er sagen will. Und setzt sich wieder. Und erhebt sich noch einmal, ohne etwas zu sagen.

Die Proklamation wird von Inspektor Morgan am Tor des symbolträchtigen Rathauses angeschlagen. Jeder Schlag schmerzt die Zuschauer aufs Neue.

In der Mittagspause wird das Rathaus der Six Nations von den Angehörigen der Mounted Police geschlossen. Die Schlösser werden ausgewechselt.

Dann marschiert der Inspektor mit einigen Männern durchs Reservat und bringt an prominenten Plätzen Plakate an. Sie verkünden, dass in zwei Wochen demokratische Wahlen für einen neuen Rat abgehalten werden. Eine Karte zeigt die sechs Wahlbezirke, in die das Grand-River-Land aufgeteilt ist. Zwölf Ratsmitglieder sind vorgesehen.

Ein Sergeant wird ausgeschickt, um sich zu erkundigen, wo sich die verehrten Wampum-Bänder des Rats befinden. Oberst Morgan glaubt, wenn er sich in deren Besitz bringe, werde der alte konföderierte Rat seine Legitimation verlieren.

Der Einsatzleiter erfährt schließlich, dass einige Wampums im Safe im Rathaus aufbewahrt werden, fragt, ob man sie sehen könne, und bemächtigt sich ihrer samt alter Ratsprotokolle. Dann macht sich der Trupp auf zum traditionellen Feuerwächter, der ein paar von diesen bestickten Bändern besitzt. Er wird bedroht und rückt sie heraus.

»Der Feuerwächter hat nicht einmal die Hände erhoben«, sagt Deskaheh zu Hedwige. »Ein guter Mann. Er erhebt die Hände nicht vor Menschen, nur vor Gott.«

»Wie wenn Berittene ins schweizerische Bundesbriefarchiv eindringen würden, um das Pergament des Rütlischwurs aus der Vitrine zu reißen«, sagt Hedwige.

So wird unter Androhung von Waffengewalt ein neuer Stammesrat im Gebiet der Six Nations installiert. Inspektor Morgan hat die Aktion in Szene gesetzt. Von ganz oben ist sie gutgeheißen worden, der Premierminister selber hat den Erlass signiert. Wobei er sich auf den »Indian Advancement Act« beruft, ein Gesetz, das in die Indianergebiete den Fortschritt bringen soll, wie der Name besagt.

Dann machen sich die Mounties an den Bau einer großen Polizeikaserne. Ausgewählt wurde Asa R. Hills Grundstück, der Boden des alten Gegners von Deskaheh, ausgerechnet.

Als Deskaheh all das hört, weiß er, dass seine Macht schwindet. Lange hat er Konservative und Modernisten, Anhänger der Langhaus-Religion und christlich Gesinnte einigermaßen zusammenhalten können. Jetzt ist er zu weit weg. Jetzt driften die vierundachtzig Chiefs auseinander, jetzt machen sich die Blöcke selbstständig.

»Verräter«, sagt Deskaheh, »Verräter!«, und spuckt aus dem Fenster. Hedwige hat ihn noch nie so zornig gesehen.

Deskaheh und sein Rat hatten einen eigenen Staat angestrebt. Den ersten und bisher einzigen Indigenen-Staat in Nordamerika. Das Gebilde hatte schon sein Zweikammersystem, sein Rathaus, seine Flagge, seine Hauptstadt und einen möglichen Staatspräsidenten. Nun scheint das Projekt zerschlagen.

Doch weiterhin gibt es Widerstand.

Eine Volksversammlung hat beschlossen, die aufgezwungenen Wahlen zu boykottieren. Achthundert Erwachsene haben der Resolution zugestimmt.

So findet die kanadische Regierung auch keine freiwilligen Kandidaten für die Ratssitze. Weshalb indigene Angestellte der Indianerbehörde zur Kandidatur gedrängt werden. In fünf der sechs Bezirke werden mangels Bewerbern die offiziellen Kandidaten sogleich in stiller Wahl gewählt. Offen bleibt ein Bezirk.

Am 21. Oktober 1924 ist in diesem letzten Bezirk Wahltag. Um neun Uhr öffnet das Wahllokal. Im Raum steht eine Urne, umhüllt von einem roten Tuch mit dem Union Jack auf dem roten Feld, der kanadischen Staatsflagge.

An diesem Morgen warten Inspektor Morgan und seine Leute allerdings vergeblich. Gegen Mittag erscheint der erste Wähler. Danach kommen sie tröpfchenweise. Von den achtundachtzig wahlberechtigten erwachsenen Männern im Bezirk erscheinen bis zum Abend nur sechsundzwanzig.

Morgan persönlich zählt die Stimmen. Er erklärt die Wahl für gültig. Und verkündet »einen großen Wendepunkt in der Geschichte der irokesischen Nation«. Hinter verschlossenem und von Mounties bewachtem Tor werden die Mitglieder des neuen Stammesrats bekannt gegeben. Unter ihnen sind Bauern, ein Ladenbesitzer, der

Postmeister. Ein Bruder von Deskaheh, der seit Langem zu den Loyalisten hält, gehört dazu. Und ein Bruder des früheren Ratssekretärs.

Sogleich tritt der neue Rat zusammen, unter Anleitung des Inspektors, der die Wahl organisiert hat. Das Ganze soll streng nach kanadischem Recht ablaufen. Verhandelt wird auf Englisch, damit die Aufsicht es versteht. Morgan schreitet zur Wahl des Vorsitzenden: Gewählt wird der Bruder des bisherigen Ratssekretärs. Er arbeitet bei der Indianerbehörde und ist der Assistent von Inspektor Morgan.

Allmählich vervollständigt sich das Bild, das Deskaheh gewinnt. Er ahnt, was sich hinter den Kulissen abspielte. Asa R. Hill und andere haben dem Stellvertretenden Superintendenten Scott und dem Innenminister Stewart angeboten, einen neuen Rat zu bilden. Sie gründeten eine Vereinigung, die sie Loyalistische Partei nannten, zum Sekretär machten sie den einstigen Weggefährten Asa R. Hill. Die methodistische Kirche wurde ihr Versammlungsort. Die Loyalisten hatten gesagt: »Das Wahlsystem ist die Zukunft.« Die Anhänger des alten Systems hatten dagegengehalten: »Damit schaltet ihr die weisen alten Frauen aus.« Die Loyalisten hatten gesagt: »Die Wahl der Erbchiefs durch die Matronen ist eine Kungelei.« Die Traditionalisten hatten gekontert: »Wir haben noch immer miteinander geredet, bis es eine Einigung gab.«

Doch die Fronten sind nicht so starr, wie sie von außen scheinen. Es gibt Übergänge. Es gibt Schattierungen. Es gibt Unsicherheiten. Dieselben Geschehnisse werden unterschiedlich gewichtet. Mancher hat zwei Seelen in seiner Brust. Mancher hat zwei Agenden: Es gibt auch solche, die hoffen, die Unabhängigkeit der Six Nations besser verteidigen zu können, wenn sie dem neuen Rat beitreten, statt ihm fernzubleiben.

Als Sara Robertson Matheson in Schottland von den Vorgängen hört, verfasst sie einen Appell, den sie »An die Frauen in der Welt« richtet und worin sie mit Verve dagegen protestiert, dass Kanada die Frauen der Six Nations ihrer Rechte beraubte. »Die Frauen der Welt reichen euch die Hand und helfen euch in eurem Kummer.« Unterschrift: »S. Robertson Matheson, genannt Ka-thi-tsa-non-nen (adoptiert durch die Irokesen 1919)«.

Der neue Rat beschließt in allem das Gegenteil von dem, was bisher gegolten hat. Deskahehs Recht auf Repräsentation der Six Nations wird annulliert. Der Rat erklärt, dass Levi General nie die Mehrheit der Six Nations vertreten habe. Die Geldsammlung für Deskahehs Mission wird als illegal betrachtet. Einzelne Mitglieder drohen, Deskaheh etwas anzutun, sollte er zurückkehren.

Inspektor Morgan verkündet, dass man seitens der kanadischen Behörden, nachdem diese den alten Rat nicht mehr finanziert hatten, die neuen Ratsherren der Six Nations wieder honorieren werde. Hundert kanadische Dollar pro Jahr für den Vorsitzenden und 81,81 kanadische Dollar für die übrigen Mitglieder.

Fortan gibt es zwei Räte; der traditionelle Rat der Föderation tagt im Untergrund weiter.

25

Jetzt will Deskaheh zurückreisen, endgültig. Aber er kann nicht. Er hat ein Passproblem. Sein Irokesenpass ist abgelaufen. Er wollte ihn beim amerikanischen Konsul in Genf verlängern lassen. Aber der verweist auf neue Vorschriften. Er darf nur US-amerikanische, kanadische und britische Pässe verlängern.

Sein Freund Decker in Rochester rät ihm brieflich, er solle das Datum im Pass einfach selbst ändern. Er sei ja gleichsam der Aussteller dieses Passes gewesen. Und er solle jedenfalls nicht versuchen, per Schiff einen kanadischen Hafen anzusteuern. Die Kanadier würden ihn kaum unbeschädigt ins Land lassen. Er möge versuchen, mit seinem Pass die USA per Transit bis zum kanadischen Onondaga zu durchqueren, das an der Grenze zum Grand River liegt.

Und wenn er diese Transiterlaubnis nicht erhalte?

Dann solle er sich von England aus auf einem britischen Boot inkognito als Seemann einschiffen. Und wenn das Schiff in New York angelangt sei, solle er unter anderem Namen im Dunkeln an Land gehen und den Grenzbehörden erzählen, dass er ein amerikanischer Indianer sei, der den Anschluss an eine Völkerschautruppe in Europa verloren habe.

Der abgelaufene Pass ist dann nicht das Hindernis. Hedwige studiert sein Papier und findet heraus, dass dieser vom Rat in Grand-River-Land auf unbeschränkte Zeit verlängert worden ist, das steht an anderer Stelle.

Formulare! Das wirkliche Problem bleibt, Kanada sieht in ihm einen Rädelsführer. Die treue Miss Fleming-Gyll in London, Mitglied der Irokesenkommission, schreibt, dass Deskaheh, wenn er zurückkehre in sein Land, »sehr wahrscheinlich von den Kanadiern ins Gefängnis geworfen oder getötet« werde.

Ohnehin haben die kanadischen Behörden kaum mehr Hemmungen; schon machen sie sich daran, ihm das Farmland zu nehmen, das er vom Rat gekauft hat. Es gehöre rechtmäßig einem anderen, sagen sie. Achtzehn Hektar Boden samt Vieh, Werkzeug und Mobiliar, ein durchschnittlicher Schweizer Bauernhof. Das oberste Provinzgericht bestätigt diese Sicht der Behörden. Die öffentliche Versteigerung in der Stadt Brantfort wird angekündigt. Deskahehs Anhänger empfinden das als puren Racheakt. Doch es ist nur einer von vielen Fällen, in denen die kanadische Indianerbehörde und die Six Nations über Eigentumsrechte am Grand River streiten.

Über Weihnachten bleibt er noch in Genf bei Hedwige. Noch ein Konzert in St.-Pierre. Noch eine Nacht.

Dann reist Deskaheh ab. Es ist kein Abschied für immer. Hedwige verspricht er, dass sie nachkommen könne. Will sie doch ausbrechen aus der kleinstädtischen Enge. Grand River, die Großen Seen, die mächtigen Niagarafälle – das Indianerland lockt. Die Freiheit. Endlich weg vom berühmten Übervater und weg von der strengen Mutter. Es ist die Chance ihres Lebens. Deskaheh tröstet sie, dass alles gut werde. Er sagt ihr, dass er sie liebt. Sie sieht glückliche Jahre vor sich.

Unter Zischen und Knirschen fährt der Zug ab.

In Paris besucht er den amerikanischen Generalkonsul. In Washington habe er einen Gerichtstermin, erklärt

Deskaheh ihm, da eine Klage der Cayuga anhängig sei, und er erhält den Visastempel auf sein Papier. Den Kontinent verlässt er am 3. Januar 1925 an Bord eines französischen Schiffes, kommt sechs Tage später in New York an und fährt von dort mit der Eisenbahn nach Rochester, wo er am 18. Januar eintrifft. Die kanadische Grenze überschreitet er nicht.

Er ist also glücklich angekommen. Aber er ist krank. Krank von der Schifffahrt. Vielleicht ist auch das alte Leiden wieder ausgebrochen. Vielleicht wurde es nie ausgeheilt. Er hustet und hat Schmerzen auf der Lunge.

In Rochester findet er erst einmal Unterkunft bei seinem Anwalt Decker und berichtet ihm, was in Genf geschehen ist, und vor allem, was nicht. Auf Anraten von Decker besucht er den Arzt, der eine leichte Lungenentzündung feststellt. Dank guter Pflege erholt er sich.

Nun hat er plötzlich viel Zeit. Er bleibt diesseits der Grenze. In Rochester, dieser Stadt, die auf dem einstigen Boden seines Volkes steht, empfängt er Freunde aus den Six Nations und führt Gespräche mit den Vertretern der abgesetzten Erb-Chiefs.

Noch einmal bereitet er eine große Rede vor: »Dies ist die Geschichte der Mohawk, der Oneida, der Cayuga, der Onondaga, der Seneca und der Tuscarora. Sie sind Irokesen. Ich habe diese Geschichte in der Schweiz erzählt, in einem Land, wo die Redefreiheit gilt.«

Die Rede wird am 10. März über Radio WHAM in Rochester ausgestrahlt und erregt Aufmerksamkeit. Er wendet sich an die Jugendlichen aller Kontinente. »Es geht nicht um eine Auseinandersetzung mit Kanada«, sagt er. »Es geht um das Recht der Minderheiten in der Welt, nach ihrer Art zu leben.«

Es ist auch eine Rede der Verzweiflung.

Seine Worte vibrieren. »In Kanada nennen sie ihre Politik ›indianischen Fortschritt‹, in den USA sagen sie ›Assimilierung‹. Wir würden es vorziehen, wenn sie mit Gewehren und Giftgas kämen, um uns auszuradieren.«

Immer noch ist er ein charismatischer Redner.

Aber er ist nicht nur körperlich krank, sondern vor allem im Gemüt.

Die Rede schwächt ihn weiter. Er erleidet eine Schmerzattacke, seine Brust wird im Innersten wie von glühenden Zangen gepackt.

Symptome einer Pleuritis, erläutert der Arzt, einer Brustfellentzündung. Acht Wochen muss Deskaheh im Spital bleiben. Dann wird ein Abszess in der rechten Lunge festgestellt. Nun braucht er wirklich Erholung. Wenn überhaupt noch eine Chance besteht.

Alle Termine sind abgesagt.

Er hat das Gefühl, versagt zu haben. Die Mission, die ihm sein Volk auftrug, hat er nicht erfüllt.

Noch einmal spricht Innenminister Stewart beim Stellvertretenden Generalsuperintendenten Scott in der Angelegenheit Levi General alias Deskaheh vor: »Haben Sie gehört, Deskaheh sitzt an der Grenze fest?«

»Lassen wir ihn dort verfaulen«, antwortet Scott.

»Er soll krank sein, todkrank. Das Innenministerium hat ein Gesuch erhalten, die Familie will ihn hinüberholen.«

»Das können wir nicht zulassen. Die Rothäute müssen einmal merken, was Staatsgrenzen sind und dass sie nicht unbekümmert über diese Linie tanzen können. Wir müssen sie dazu erziehen.«

»Es liegt noch ein Gesuch dieser Leute vor. Nicht an uns gerichtet, sondern an den gewählten Rat der Six Nations. Die Familie will ihren Medizinmann hinüberschicken.«

»Das geht natürlich auch nicht«, antwortet Scott. »Er kann nicht hinüber, da ist die Grenze. Es sei denn, der Herr Doktor wird Bürger von Kanada, dann bekommt er ordentliche Papiere. Der Rat muss Nein sagen. Wir werden die Polizei vor dem Haus der Familie patrouillieren lassen.«

»Haben Sie wieder ein Gedicht geschrieben?«

»Ja, darüber, dass die indianischen Rassen zwar verschwinden, ihre Namen aber bleiben werden. Hören Sie:

Das ganze Land murmelt
ihre wilden Namen, die in den schönen Tälern
hausen,
wo einsam Wasser fließt oder wo die Straße
den ganzen Tag vom Getrampel unzähliger Füße
widerhallt.
Toronto triumphiert, der Winnipeg fließt frei.«

Im Spital denkt Deskaheh zurück an die friedliche Zeit am Ufer des Genfersees, an die Schifffahrt mit Hedwige. An die Tage und an die Nächte. Denkt an die goldfarbenen Sommerwochen, die feuchten Herbstmonate und die kalten Winter. Eineinviertel Jahre hat er in der Schweiz gelebt.

In seine Heimat am Grand River wird er nie mehr zurückkehren können. Er entscheidet sich, in das Haus zu ziehen, von dem er seinerzeit aufgebrochen ist zu seiner ersten Mission, wo er die Kleider geschneidert hat für seine Auftritte als Indianerhäuptling. Es ist das Haus des jungen Tuscarora-Chiefs Clinton Rickard, der sich mit spektakulären Aktionen dafür einsetzt, dass die Menschen im Grand-River-Land die Grenze frei überqueren dürfen. Sein Anwesen liegt im Osten der Niagarafälle auf US-Boden.

Doch auf der Reise dahin erleidet Deskaheh einen Schlaganfall.

Seine Tochter Rachel will ihn pflegen. Sie kann nicht zu ihm. Der Bruder Alexander schafft es über die Grenze.

Die Maskengestalten der Mediziner-Vereinigung dürfen ihn nicht besuchen und können ihre Heilungsrituale nicht anwenden. Nie mehr wird er ihre Schildkrötenrasseln hören, nie mehr wird er die Falschgesichter sehen, wie die Irokesen sie nennen, nie mehr ihren Tabak riechen, nie werden sie ihm die verbrannte Asche über sein Gesicht blasen. Als Deskaheh vernimmt, dass sie nicht kommen, legt er sich ins Bett, um nie mehr aufzustehen. Über seinem Bett hängt die Wampum-Schnur, die seinen Häuptlings-Titel bestätigt.

Er bereitet sich auf die Reise über die Milchstraße ins Land der glücklichen Jagden vor.

26

In jener Zeit geschehen in Schottland, wo die sechzigjährige Miss Robertson Matheson in einem Landhaus lebt, seltsame Dinge. In den Highlands scheint man feinfühliger als andernorts zu sein und nimmt spirituelle Energien wahr. Auch wenn sie in einem Ort wohnt, der ganz profan Dollar heißt. Sie weiß nicht einmal, dass Deskaheh krank ist, als es geschieht.

Ihr Bruder, Diplomat in Australien, ist bei ihr zu Besuch. »Haben Sie letzte Nacht jemanden an die Tür klopfen hören?«, fragt er beim Zehn-Uhr-Tee. »Nein«, antwortet Miss Robertson Matheson.

Da erzählt er ihr: »Jemand kam und ging dann wieder weg. Ich hörte die Schritte und wunderte mich.«

Dann hat sie selber einen Traum. Ein Flugzeug stürzt ab und geht in Trümmer, während zwei weitere Flugzeuge am Himmel davonfliegen. Sie deutete es ihrem Bruder gegenüber so: »Es sind Grand-River-Land, Kanada und Britannien.«

Tags darauf, am 27. Juni 1925, stirbt Deskaheh im Exil. Die wenigen Freunde um ihn hören nur noch ein Murmeln: »So lange, wie die Sonne scheint … so lange, wie das Wasser rinnt.« Sein Gesicht, so will es die Legende, ist der Heimat zugewandt. Er ist zweiundfünfzig Jahre alt geworden.

Die Leiche wird ins Grand-River-Land überführt. Tot darf er die Grenze passieren.

Der Leichenzug schwillt an, als der Rückkehrer sich Ohsweken nähert. Auf der letzten Meile begleiten ihn zweitausend Menschen. Es mischen sich die alten Kostüme der Autochthonen mit den Anzügen der modernen Gesellschaft.

Auf dem Rathaus wird die Flagge auf Halbmast gesetzt. Es ist nicht die Flagge des Six-Nations-Staates. Es ist die kanadische Staatsflagge.

Nach den Zeremonien im Langhaus wird der tote

Chief auf den Friedhof der traditionell Gläubigen gebracht. Und zur Verbrennung vorbereitet.

Zehn Tage nach dem Tod ihres größten Chi führen sie vor dem ganzen Volk sorgfältig ihre Riten aus, die Mohawk, Seneca, Onondaga, die Cayuga, Oneida und Tuscarora. Es eröffnet der Sprecher des alten illegalen Föderationsrates. Doch auch neue Ratsmitglieder sind da. Und selbst jener Operetten-Offizier, der den Putsch ausführte, hat die Kühnheit, mit zwei Constablern im Schlepptau aufzutauchen.

Keine Erregung ist spürbar, eine große Ruhe liegt über dem Feld. In Gesängen werden die Namen der Chiefs aufgezählt, denen Deskaheh nachfolgte. Die Wampums werden dreizehn Mal herumgereicht. Die Worte der Redner scheinen einen Moment in der Luft zu verharren: »Er war unbestechlich, man konnte ihn nicht kaufen.« »Einer der größten Indigenen seit der Zeit des Föderationsgründers Joseph Brant.« Nachdem alle Worte gesprochen sind, defilieren die Krieger einer hinter dem andern an dem Toten vorbei, die Waffen halten sie gesenkt. Schließlich versammeln sich die Chiefs und die Mitglieder der Familie zum Festessen mit Kornsuppe, Fleisch und Kuchen.

Die Clanmutter Louise Miller ernennt den jüngsten Bruder des Verstorbenen, Alexander General, zum neuen Deskaheh.

*

Wenige Wochen nach Deskahehs Tod erhält seine Tochter Rachel einen Brief aus Genf. Ich habe ihn im Nachlass von Decker in Rochester entdeckt.

Dear Miss Rachel
Ich muss Ihnen schreiben, um Ihnen zu sagen, wie sehr ich an Sie und Ihren lieben Vater denke. Ich habe in unserer Genfer-Zeitung gelesen, dass Ihr lieber Vater tot ist. Er schrieb mir in einem Brief im Frühling, dass er Ihnen von seiner Absicht erzählt habe, mich zu heiraten. Und Sie mögen wissen, wie sehr er mich liebte, und auch, wie glücklich und stolz ich war, so aufrichtig von Ihrem Vater geliebt zu werden. Ich kann noch nicht glauben, dass ich ihn nie, nie mehr sehen werde. Er kam mich so oft besuchen und konnte so fröhlich und nett sein. Ich dachte, die künftigen Jahre würden so glückliche Jahre für mich sein, und jetzt ist alles anders. Ich hoffe, ich mache bald Ihre Bekanntschaft. Ich warte auf meine Papiere, und dann werde ich nach Niagara in eine Familie gehen, um mit den Kindern Französisch zu reden.

Ich denke viel an Sie und hoffe, Sie geben auch mir einen kleinen Platz in Ihrem Herzen.

Ihre zugeneigte Hadwig Barblan, Genf
11, Rue De-Candolle, Genf

Hadwig muss die englische Version von Hedwige sein, denke ich. Anwalt Decker scheint den Brief nicht weitergeleitet zu haben, wohl weil er ihn für unmoralisch hielt.

Ich werde den Fund diesem Antiquitätenhändler zeigen. Ein Liebesbrief aus Genf an den Chief der Irokesen!

Aber der Mann wird wahrscheinlich wissen wollen, wie das nun mit Deskahehs Tod gewesen sei.

Auf den ersten Blick schien mir alles klar zu sein. Dann ist die Untersuchungsrichterin in mir erwacht. Und ich habe getan, was ich immer mache, wenn etwas nicht glasklar ist. Ich habe weiter recherchiert. Ich habe mit Experten geredet.

Den Anstoß gab ein Bericht, den ich in der »Tribune de Genève« las und der nichts mit Deskaheh zu tun hatte. Er erschien in den letzten Tagen seines Genfer Aufenthaltes, am 11. Dezember 1924, und behandelte, so der Titel, einen »versuchten Giftmord an der Doyenne der Kaffeehaussängerinnen«. Eine Hausfrau hatte einer bekannten und bejahrten Sängerin zum Dinner ein mit Rattengift versetztes Omelett serviert, um an deren Schmuck zu kommen. Nur hatte die Artistin an dem Omelett gerochen und es weggeworfen. Krank wurde dann der Hund der Dame.

Wer würde heute noch mit Rattengift arbeiten? Das Mittel ist aus den Hausapotheken verschwunden. Damals war es weit verbreitet. Es war eine Zeit, wo Gift bei Kapitalverbrechen häufig eine Rolle spielte. Bei Somerset Maugham ist es der indische Revolutionär, der den Inhalt eines Fläschchens austrinkt, um sich der Verhaftung durch die Geheimdienstler zu entziehen. Blausäure.

Vermutlich war das ja – Krieg ist die Mutter allen Fortschritts – eine Errungenschaft des Ersten Weltkriegs, in dem Tausende Soldaten in den Senfgaswolken vor Ypern ins Gras gebissen haben.

Gift war plötzlich allenthalben. Als die ersten Filme ins Kino kamen, schrieben die Zeitungen, Kino sei Gift für die Seelen der Kinder.

Als der Absinth verboten wurde, galt das Getränk als grünes Gift. Alkohol war Gift. Prostitution war Gift. Unmoral war Gift. Ja, überhaupt: Die Städte waren Gift.

Als Deskaheh über ein neues indianerfeindliches Gesetz sprach, fragte er seine Zuhörer: »Würden Sie, ohne sich zu wehren, dieses tödliche Gift einnehmen?«

Könnte Gift ...? Könnte ein Geheimdienst ...? Die Motive für so einen Anschlag wären offensichtlich. Die kanadische Regierung hätte sicher ein Interesse gehabt. Aber bei welcher Gelegenheit hätte sie das ausführen sollen? Und durch wen?

Ich habe einen Freund von der Rechtsmedizin gefragt, ob die Symptome bei einer Vergiftung mit der einer Brustfellentzündung verglichen werden könnten, einer Pleuritis, wie sie das Spital von Rochester bei Deskaheh festgestellt hätte.

»Nein«, sagte er.

»Nein«, wiederholte er. »Aber es kann eine Kette von Geschehnissen zu einer solchen Erkrankung führen. Eine Brustfellentzündung kann die Folge einer Lungenentzündung sein. Und eine Lungenentzündung die Folge einer Vergiftung. Genauer: Eine Vergiftung kann den Körper so schwächen, dass es zu einer Lungenentzündung kommt. Spuren wären in jedem Fall nicht mehr nachweisbar.«

»Ist es denkbar, dass jemand durch Gift chronisch geschwächt und dadurch anfälliger wird für Infektionen?«, fragte ich.

»Ja, das bewirken eigentlich alle Substanzen, die das Immunsystem schwächen, sogenannte Zytostatika, wie wir heute sagen«, antwortete mein Freund. »Man hat diese Wirkung im Ersten Weltkrieg entdeckt. Senfgas war sozusagen das erste Zytostatikum.«

Dann fügte er hinzu: »Aber das scheint mir ungeeignet für einen Anschlag, durch den man einen Gegner außer Gefecht setzen will. Warum nur schwächen, wenn man mit einer Aktion jemanden auch direkt zu Tode bringen kann? Warum nicht Rattengift wie bei deiner Sängerin?«

»Stimmt«, sagte ich; »aber sie hat es ja gerochen. Nicht ideal.«

»Es gibt Gifte, die nicht in die Nase stechen«, gab mein Freund zu bedenken.

»Man kann sie dennoch im Körper nachweisen«, meinte ich. »Aber ein Geheimdienst, falls er es war, möchte geheim bleiben. Sein Tun fällt auf das Staatsrenommee zurück. Erfahrungsgemäß zieht die Liquidierung eines politischen Gegners ziemlich viel Aufsehen und jede Menge Untersuchungen nach sich. Kein Staat will sich dem Ruf aussetzen, dass er mordet und vergiftet, er will nur von den Morden profitieren.«

»Hm«, antwortete mein Freund. »Schwieriges Problem. Aber lösbar. Wie wäre es mit Krankheitserregern?«

»Du meinst zum Beispiel Tuberkulose?«

Er nickte. »Da wäre die Hand des Geheimdienstes jedenfalls nicht mehr zu erkennen. Eine Tuberkuloseerkrankung produziert übrigens grippeähnliche Symptome.«

»Wie bei Deskaheh. Interessante Hypothese«, bemerkte ich. »Wie überträgt ein Geheimdienstler Tuberkulose?«

»Taschentücher, Nahrungsmittel«, antwortete mein Gegenüber ziemlich abgebrüht.

Plötzlich hatte ich eine Eingebung. »Milch?«, fragte ich.

»Kein Problem«, antwortete er. »Funktioniert einwandfrei. In Milch einrühren. Rohmilch ist sehr geeignet.«

Mit dieser Erkenntnis legte ich mich schlafen.

Natürlich hätte ein Geheimdienst ein Interesse daran gehabt, Deskaheh zu beseitigen. Mittel gab es. Aber gab es auch einen Täter?

Ich träumte schlecht. Ich sah Deskaheh, eingewickelt in eine Decke. Schwer atmend. Mit dem Finger ins Dunkle zeigend. Auf dem Nachttischchen ein Notizblock und das obligatorische Glas Milch. Dann richtete sich Deskaheh im Bett auf und blickte mich eindringlich an: »Du bist auf dem Weg«, sagte er.

Ich dachte noch lange über diesen Traum nach.

Wer reichte ihm seine Milch? Kellner in einem Genfer Gasthaus. Seine Geliebte Hedwige. Welch grauenhafte Vorstellung. Und …

Und jener obskure Freund, den er in Basel kennengelernt hatte. Mr Huntington.

Plötzlich war mir klar. Der Mann war der ideale Verdächtige. Hatte Huntington nicht erzählt, dass er während der Boxer-Rebellion in China war? Wozu, wenn nicht, um zu helfen, den Aufstand zu bekämpfen? Das konnte nur irgendeine Agentenrolle gewesen sein. Hatte er nicht erzählt, dass der Korrespondent Richard Harding sein Freund gewesen sei? Derselbe, der im Ersten Weltkrieg von der deutschen Regierung dann offiziell der Spionage verdächtigt wurde. Hatte er nicht erzählt, dass er, Huntington, 1915 in die kanadischen Streitkräfte eingetreten und in Hamilton Rekrutierungsoffizier gewesen sei? In einer Stadt, die bloß zwei Stunden Pferderitt von Ohsweken entfernt ist. Er musste kanadische Geheimdienstler kennengelernt haben. Und dann? Gegenüber Deskaheh gab er den Geschäftsmann und Ophthalmologen, der viel in der Welt herumreiste. Nach eigenen Angaben ein »Free-Lance-Gentleman«.

27

Zwei-, dreimal erzählte ich dem Händler, der mir Fotoalbum und Zeitungsartikel überlassen hatte, von den Fortschritten meiner Recherche im Fall des irokesischen Häuptlings. Oder war es eine strafrechtliche Voruntersuchung? Mord durch Verbreitung einer ansteckenden Krankheit. Leider konnte ich in diesem Fall keine Hausdurchsuchung vornehmen und keine Personen verhören. Und ich würde nie Anklage erheben können.

Ich hatte einen Verdacht, ich hatte einen Verdächtigen, und ich hatte ein Motiv. Und sogar einen möglichen Tathergang. Aber keinen Beweis. Dabei sollte es bleiben.

Trotzdem hatte ich das Gefühl, einen neuen Planeten entdeckt zu haben. Oder einen alten wiederentdeckt. Die Welt der Indianer, die Welt der First Nations. Ich erinnerte mich nun, dass ich einmal fasziniert vor dem Fernseher saß, als über eine Konferenz der UNO zu diesem Thema berichtet wurde. Seit der Fußball-WM 1974 sendete man ja in Farbe, was mir besonders gut geeignet schien, wenn es um Indianer ging. Die Emission berichtete von Vertretern der First Nations, die nach Genf gekommen waren, und zeigte einige Sequenzen aus deren Leben in Amerika. Das war 1977, wie ich jetzt rekonstruieren kann, es handelte sich um die allererste Indigenenkonferenz der UNO: Indianer durfte man damals nicht mehr sagen. Man filmte den Einzug der Leute in den Palais des Nations. Es war eine kleine folkloristische

Demonstration. Dem Eindruck nach lauter Chiefs. Kein Fußvolk. Wie bei uns.

Gerne hätte ich die Anführer reden hören. Chief Oren Lyons, ein Irokese von den Onondaga, soll erklärt haben, dass seine Delegation zwanzig Millionen Menschen repräsentiere. Und dass es mehr als ein halbes Jahrhundert gedauert habe, bis sie endlich vor der Weltgemeinschaft auftreten konnten. Mit ihm war Philip Deere gekommen, ein Bürgerrechtler aus dem heutigen Bundesstaat Georgia. Beide getrieben vom Schub des Red-Power-Movement, das damals unerhörte Energie zeigte. Sie wollten Land zurück, auf dem längst Städte standen.

Meine Ferien im vergangenen Jahr, wen wundert es, führten mich nach Kanada. Meine Idee war, die Fotos aus dem Nachlass des Antiquars oder zumindest Kopien dahin zurückzubringen, wo sie hingehörten. Ich dachte an ein Archiv der Six Nations. Es war Frühsommer, die Prognosen versprachen heiteres Wetter, so mietete ich, nachdem ich in Toronto gelandet war, ein schweres Motorrad. Eher einen Straßenkreuzer mit zwei Rädern, der viel zu sanft brummte.

Durch einen Dschungel von Hochhäusern ging es hinaus auf einer sechs- bis achtspurigen Autobahn. Bis eine bunt bemalte Holztafel mir ankündigte, dass ich im Land der »Six Nations of the Grand River« angekommen sei.

Es ging mir dann wie Karl May. Es war alles weniger romantisch. Weniger farbig, weniger belebt, weniger dicht. Obwohl ich darauf vorbereitet gewesen war. Eine unscheinbare Straßenbrücke führte über den Fluss, das musste der Grand River sein, dann entzog sich das grüne Wasser dem Blick. Das Land dahinter mit seinen wenigen Tausend Menschen war flach. Und die Straße ins

Verwaltungszentrum schnurgerade, eine über hölzerne Masten gezogene Freileitung begleitete mich. Zu beiden Seiten des Wegs vereinzelte Häuschen, mit gefugten hölzernen Bretterwänden, ohne Keller oder Dachstock, braunrot und elfenbeinfarben gestrichen. Unterwegs Pick-ups mit Dellen, die zeitgemäßen Kutschen der Indigenen. Irgendwo eine Baptistenkirche. Ich kam mir etwas seltsam vor auf meinem Easy-Rider-Sofa.

Ohsweken war eigentlich nur eine Straßenkreuzung. Ein Ort ohne Hochhäuser und ohne städtebauliches Zentrum, sieht man von einem einstöckigen Einkaufskomplex ab. Reklametafeln priesen steuervergünstigtes Benzin und steuervergünstigte Zigaretten an. Auf dem Parkplatz kam mir ein zu dicker Mann mit einem zu großen Einkaufswagen entgegen. Am Randstein saß dann aber ein schlankes Mädchen, das mit seinem schön geschnittenen Gesicht und den schwarzen langen Haaren meinen Vorstellungen vom Aussehen der Winnetou-Schwester Nscho-Tschi ganz entsprach.

Ich stieß im Zentrum auf das Backsteinhaus des einstigen Councils – der von der kanadischen Regierung aufgelöst worden war. Mit seinen hohen Fenstern und seinem Kamin hätte es an einem Industrielehrpfad im Zürcher Oberland stehen können. Daneben stand ein Mahnmal, ich las die eingravierten Namen all der indianischen Männer, die im Ersten Weltkrieg, im Zweiten Weltkrieg, im Koreakrieg und im Vietnamkrieg gestorben sind.

Bilder von kriegerischen Irokesen entstanden in meinem Kopf, als ich den Feuerwehrmännern und -frauen nachsah, die unter Sirenengeheul in knallroten Löschfahrzeugen mit hochglanzpolierten Teleskopleitern vorbeipreschten. »Six Nations Fire & Emergency Services« prangte in goldgelben Lettern an den Längsseiten der Karossen.

Dann stand ich in einem Souvenirladen. Man empfing mich nicht mit offenen Armen. Ich sei auf der Suche nach den Nachfolgern Deskahehs, erklärte ich und brabbelte etwas von traditioneller Kultur. Man verstand mein Anliegen nicht ganz. Immerhin erhielt ich eine Adresse. Da werde die traditionelle Kultur gepflegt.

Mit dem Zettel in der Hand fragte ich mich durch und wurde an eine abseits gelegene Schule verwiesen. In einem mit Büchern und Papieren vollgestopften »Büro« von der Größe eines Putzräumchens saß eine pausbäckige Dame, deren Oberkörper in einem schön verzierten Strickpullover steckte; ihr misstrauisches Gesicht hellte sich auf, als ich meine Fotos zeigte. Sie sei hier Lehrerin, erklärte sie. Nach einigen Rückfragen bot sie mir einen Kaffee an. Sie erklärte, wie »Ohsweken« in ihrer Sprache ausgesprochen werde – ich verstand ein weiches Oschwiga – und dass »Toronto« aus dem Mohawk-Wort Tarantua stamme, was »Ort, an dem Bäume am Wasser stehen« heiße. Der Name Deskaheh war ihr offensichtlich ein Begriff, wusste sie doch sofort, zu welchem Clan und welchem Stamm er gehörte. »Junger-Bär-Clan der Cayuga«, sagte sie. »Wir unterrichten hier Erwachsene in den alten Zeremonien, damit diese nicht verloren gehen«, erzählte sie.

Schließlich waren wir so weit vertraut, dass sie sich bereit erklärte, mich zu einem Mann in der Nachbarschaft zu führen, der seinerzeit noch dabei gewesen sei. Die Leute, an die ich nacheinander gelangte, reihten sich zur Perlenkette. Er selber sei ein Verwandter eines Chiefs namens Josie Logan, welcher 1924 bei der Polizeiaktion gegen den Stammesrat abgesetzt worden sei, erklärte meine Begleiterin. Der Mann empfing uns auf einer hölzernen Veranda, auf der ein Küchentisch und ein paar Stühle standen, als hätte er auf uns gewartet. Vermutlich wartete er immer dort.

Das Gespräch verlief eher stockend, er könne schlecht Englisch, betonte der Mann, der sehr, sehr alt sein musste, sein Geburtsjahr kannte er nicht. Sein Unterkiefer mahlte beständig, Zähne schien er nicht zu haben. Ich verstand ihn dennoch leidlich. Ständig rückte er seine Brille zurecht.

»Miss Haldimand?«, fragte er, nachdem ich vorgestellt worden war. »Der Name Haldimand hat einen guten Klang bei uns«, meinte er höflich: »Peace«, sagte er und hob seine Hand. Dann sagte er etwas in seiner Sprache und lachte, meine Begleiterin übersetzte: »Er sagt: Ich bin ein Urgestein. Ein vorkanadischer und vor-US-amerikanischer Indianer.« Das konnte zeitlich dann doch nicht stimmen. Es musste sich auf seine Gemütsverfassung beziehen.

Ich erwähnte Deskahehs Tod. Und der Mann erzählte noch einmal von Deskaheh als seinem »Bruder«, dem Chief. In dessen Lunge seien damals Tuberkeln festgestellt worden. Er schaute uns durch seine milchigen Brillengläser lange an. »Wenn Deskaheh von seinem Medizinmann hätte behandelt werden können, wäre er nicht gestorben.«

Ich weiß nicht, ob er glaubte, erlebt zu haben, was er schilderte. Er konnte es nicht erlebt haben. Aber was früher war, war auch Gegenwart.

Der alte Rat der Föderation habe dann im Untergrund weitergetagt, berichtete er unvermittelt weiter. Deskahehs junger Bruder Alexander sei darin die treibende

Kraft gewesen. »Er war Führer der Schildkröten-Seite im Langhaus und hielt die Traditionen hoch. Unter ihm gab es kein europäisches Handwerk im Langhaus und keine christliche Sophisterei.« Er schniefte dabei, seine Art zu schimpfen. Und rückte seine Brille wieder zurecht.

Doch das Leben sei noch schwieriger geworden, weil Öl und Gas auf dem Gelände gefunden worden seien. Kanadas Regierung habe ihre Kontrolle über die indigenen Nationen verstärkt. Kinder seien direkt von der Schule von berittenen Polizisten abgeholt worden.

Seine Erinnerungen kamen von weit her.

»Es begann die traurige Zeit der Kindswegnahmen. Die Kleinen kamen in Heime weit im Norden.«

Vom Profit der Ölförderung hätten die Six Nations wenig gesehen.

Pause, neuer Satz.

Das Volk habe sich auf freier Wiese versammelt, um zu protestieren.

Pause, neuer Satz.

»Der alte föderalistische Rat hat über all die Jahrzehnte weiter getagt. Monat für Monat«, erzählte der Alte, dessen Äuglein mich nun über das Brillengestell hinweg lebhaft anblitzten.

Der alte Rat habe keine offiziellen Funktionen mehr gehabt, sei aber immer mehr zum Hüter der überlieferten Riten und der überlieferten Erzählungen geworden. Eine Art spiritueller Führer. »Er bewahrte das Feuer im Langhaus. Es ist nicht erloschen.«

Mit einer Hand machte er eine unbestimmte Bewegung, als verwerfe er etwas und hole es wieder zurück.

Die heutigen Chiefs stammten oft nicht mehr aus den erbberechtigten Clans und würden nicht mehr mithilfe der alten Zeremonien ernannt. »Aber sie sind das Zentrum des Widerstands.«

»Alles Schlechte hat auch sein Gutes«, redete der Mann weiter, der nun uns Besucherinnen nicht mehr ansah und keine Antwort von mir erwartete. Fast schläfrig wirkte er. »Auch Mitglieder des neuen, von der Regierung eingesetzten Rats haben sich gegen Kanada gewandt. Selbst Asa Hill, der große Gegner von Deskaheh, hat verkündet: ›Die Mounted Police sind nur ein Zaun um uns.‹«

1959 sei es erneut zum Aufstand gekommen. Nun erwachte unser Gegenüber wieder. »Tausend Leute der Six Nations, darunter viele Frauen und eine Bande von Kriegern, sind auf der Straße von Ohsweken zum Rathaus marschiert.« Das Rathaus sei besetzt worden, als darin der neue, gewählte Rat tagte. »Mein Bruder Josie Logan hatte die Ehre, die Proklamation an die Tür des Rathauses zu schlagen, bevor das Volk eintrat.« Acht Tage habe es gedauert, bis die königliche berittene Polizei die Rebellion habe niederschlagen können. Der neue Rat der gewählten Marionetten sei zwar wieder eingesetzt worden. Aber der Respekt vor dem Alten sei gestiegen.

Für die Fotos von Deskaheh, die ich ihm schenken wollte, interessierte er sich nicht. »Ich habe mein eigenes Bild.«

Und als ich nach der Familie von Deskaheh fragte, schwieg er. Ich merkte, da durfte ich nicht weiterbohren. Tabubereich.

So übergab ich die Fotos der Lehrerin. Ich überließ ihr auch die Briefe, die ich aus dem Familienbesitz der Haugs kopiert hatte, und verabschiedete mich. Dann bestieg ich mein Motorrad und fuhr noch einige Straßenkreuzungen weit, um mich umzusehen. Das Land erschien mir plötzlich reizvoll. Ich sah Chalets inmitten idyllischer lockerer Baumbestände, oft hübsch gepflegt, vor einigen ein kreatives Chaos aus Kinderspielzeug, Gartengerät und Schrott. Manche Bauten hatten Veranden im viktorianischen Stil. Und es gab ein großes Stadion für den Lacrosse-Sport.

An der Bar im Stadthotel von Toronto wollte ich meine Eindrücke verarbeiten. Neben mir saß irgendwann ein Mann, der sich als Vertreter der kanadischen Wasserbehörde vorstellte und mir ein Getränk anbot. Er wirkte sympathisch, und ich hatte auch nichts anderes mehr zu tun. Er verhandle mit indigenen Banden über Wasserrechte, über Anteile an Wasserkraftgesellschaften und über die Reform der Energieversorgung, erzählte er. Offenbar hatte ihn mein besticktes Armband darauf gebracht, dass ich mich dafür interessieren könnte. »Alles war einmal Indianerland«, fuhr er fort und zeigte mit unbestimmter Handbewegung rundum. »Ganz Toronto steht auf Land, das teilweise heute noch den Indigenen gehört, die Hochhäuser, die Autobahnen, alles.« Ich nickte ab und zu. »Was für ein Problem für die öffentliche Verwaltung!«, seufzte er. »Aber heute läuft nichts mehr ohne die Zustimmung der First Nations. Die Zeiten sind vorbei. Es geht schließlich um Versöhnung.«

»Versöhnung«, fragte ich zweifelnd.

Er nickte. »Kanada erlebt eine nationale Wiedergeburt«, versicherte er.

Schöne Worte.

Eine vielspurige Autobahn durch Indianerland, mehrere Hundert Meter hohe Hochhäuser, Flugplätze, kilometerweit Lagerhallen: Wenn die abgerissen sind, ja dann ist vielleicht Versöhnung möglich, dachte ich. Und ich fragte mich, ob die Nachfolger Deskahehs und die Nachfolgerinnen der Clanmütter seinerzeit an die Versöhnung glaubten, die der Staat verkündete. Aber ich sagte nichts.

Für mich ist die Geschichte mit der Rückgabe der Dokumente abgeschlossen.

Im Flugzeug schaute ich mir wie andere Passagiere den Western an, den das Bordkino im Programm hatte. Mittendrin raunte ein bierseliger Nachbar seiner Begleiterin zu: »Warum gewinnen in den Filmen eigentlich nie die Indianer?«

EPILOG

Dürrenmatt hatte in uns Motorrad-Rockern etwas gesehen, was wir selber nicht wahrgenommen hatten: dass wir Vorreiter einer neuen Zivilisation seien. Wie denn? Womit denn? Mit unserem Einfamilienhaus? Unserer Heirat? Unserer Scheidung? Unserer Angst vor Arbeitslosigkeit? Unserer Sorge um die Altersvorsorge?

Und dann lief mir dieser Indianer über den Weg. Die Geschichte hat mich erschüttert.

Deskaheh. So tot er war, er war vielleicht der erste lebendige Indianer, dem ich begegnet bin. Ein richtiger Indianer, der Freiheit suchte – aber nicht die, die wir meinten. Und die Gerechtigkeit, die er meinte, war auf Erden nicht zu haben. Auch wir hatten unsere Bilder über die Bilder der Indianer im Kopf, Fantasiebilder. Wie Karl May. Auch wir hatten erfunden.

Denn absolute Freiheit gebe es nicht, schrieb Dürrenmatt in seinem »Monstervortrag«, so wenig wie absolute Gerechtigkeit.

Die gescheiten Sätze lese ich immer wieder aufs Neue: »Es lässt sich eine Welt der absoluten Freiheit denken und eine Welt der absoluten Gerechtigkeit. Diese beiden Welten würden sich nicht decken, sondern einander widersprechen. Beide würden sie eine Hölle darstellen, die Welt der absoluten Freiheit einen Dschungel, wo der Mensch wie ein Wild gejagt, die Welt der absoluten Gerechtigkeit ein Gefängnis, wo der Mensch zu Tode gefoltert wird.«

Aber was mich mehr noch beschäftigt, bis heute: War dieser sesshafte Indigene wirklich ein Vorreiter der Zivilisation? Oder war er bloß ein Verteidiger der Vergangenheit, die Nachhut der Zivilisation? Oder verbarg sich in der Vergangenheit die Utopie?

Vielleicht schritt er rückwärts in die Zukunft.

Bemerkung des Verfassers und Dank

Alle Figuren in der Geschichte von Chief Deskaheh sind historisch belegt und tragen ihre Echtnamen. Die Daten sind historisch verbürgt. Die Vorgänge um den Völkerbund haben stattgefunden. Zitate aus Dokumenten sind authentisch und allenfalls gekürzt und redigiert; die Gedichte von Duncan Campbell Scott sind frei übersetzt und gekürzt. Doch die Szenen und Dialoge sind frei gestaltet.

Ich danke
Gertrud Germann, die mein Engagement versteht, billigt und oft mit mir mitleidet, wenn ein Text entsteht, und die auch diesen Text als Erste korrigiert hat.

Bernhard Haug in Zürich; der den Anstoß zu der Geschichte über Deskaheh gab, indem er mir aus dem Familienarchiv Fotos, Briefe und Berichte über den Besuch von Deskaheh bei seinem Großvater in Zürich zur Verfügung stellte, zuerst für einen Zeitungsartikel, jetzt für dieses Buch. Die Fotos in diesem Buch stammen aus seinem Fundus.

Léo Barblan in Genf, der mir mit Angaben zur Familiengeschichte der Genfer Barblans und einem Foto von Hedwige Barblan eine entscheidende Tür öffnete.

Grace Liu Xiu Woo in Vancouver, Kanada, Verfasserin des Buches »Ghost Dancing with Colonialism-Decolonization and Indigenous Rights at the Supreme Court of Kanada«, die meine Mailanfragen über Jahre freundlich und zuverlässig beantwortete.

Der Lektorin Susanne Gretter, die das Manuskript mit viel Einfühlungsvermögen und Respekt für die Geschichte sorgfältigst bearbeitet hat.

Und natürlich meinem Verleger der Erstausgabe und Freund Ricco Bilger, der mit mir durch ferne Welten, verlassene Berge und sandige Wüsten reitet.

Und ich grüße respektvoll Klara General, Urenkelin von Deskaheh Levi General, engagiert für die Anliegen ihrer Nationen.

Liste der von Anwältin Haldimann konsultierten Archivalien

Privatsammlung Familie Haug Zürich: Fotos und Briefe

Papiere der Irokesenkommission. Bibliothek Genf: Ville de Genève, Suisse, Département municipal des affaires culturelles, Bibliothèque publique et universitaire, Signatur Ms var. 1/15 »Les six Nations Iroquoises«, Lettres et pièces diverses concernant leur défense par le Bureau international pour la défense des indigènes 1918–1925 (3 Couverts, Faszikel 1–51, 52–105, 106–135)

Völkerbundsarchiv in Genf bzw. Archiv der Vereinten Nationen: Complaint of the Six Nations Indians against the Government of Kanada, Signatur 11/28 075 (Box R 612)

Nachlass des Anwaltes George P. Decker (1861–1936): Decker-Papiere Rochester: Lavery Library, St John Fisher College, Rochester, N. Y. G. P. Decker papers

Unterlagen der Zürcher Unterstützer Deskahehs: ETH-Archiv, Signatur Hs 494a:1 Nachlass Arnold Heim (Sohn von Albert Heim) Berichte über den Besuch von Deskaheh, ... 1923, mit Briefen von Deskaheh, Enderle, Enz, Perlet, Rolli, Sarasin u. a.

Dokumente des Bundesrates: Schweizerisches Bundesarchiv, Dossier E2001B#1000/1508#536, Les Six Nations Iroquoises 1924; und: Signatur J1118#1 Bundesrat Karl Scheurer, Tagebuch, 2. Halbjahr 1923, unveröffentlicht.

Die Protagonisten – Liste der Anwältin Haldimann

Levi General, wird angesprochen mit dem Titel Deskaheh: Chief der Cayugas, Sprecher der Six Nations, geboren 1873, gestorben 1925

Hedwige Barblan (in den Dokumenten auch Hedwig, Hadwig, Edwige): Privatlehrerin für Französisch und Übersetzerin in Genf; mit Deskaheh befreundet, geboren 1892

George P. Decker: Anwalt aus Rochester im US-Bundesstaat New York und Berater von Deskaheh, geboren 1861

Asa R. Hill, Sekretär des Council der Six Nations, als sogenannter Loyalist bis 1921 Verbündeter der kanadischen Regierung, geboren 1886

Mister S. Huntington: obskurer Berater in Genf, geboren 1885

Henri-Alexandre Junod: Missionar und bedeutender Ethnologe; Leiter des Bureau international pour la défense des Indigènes in Genf, geboren 1863

Sara Robertson Matheson: schottische Frauenrechtlerin und Unterstützerin der Six Nations, geboren 1863

Charles Stewart: kanadischer Innenminister und Generalsuperintendent für indianische Angelegenheiten, geboren 1868

Duncan C. Scott: Stellvertretender Generalsuperintendent für indianische Angelegenheiten und bekannter Dichter, geboren 1862

Bildnachweis

S. 5, Porträt von Deskaheh. Centre Iconographique de la Bibliothèque de Genève.

S. 6/7, Deskaheh in Zürich: Stehend in der Mitte der Gastgeber Paul E. Haug. Links im Vordergrund Hedwige Barblan, mit ihrem linken Arm Deskaheh im Rücken stützend. Fotografie aus dem Familienbesitz Haug, Privatarchiv Berni Haug.

S. 8, Deskaheh ohne seine Regalien im Haus der Familie Haug. Familienbesitz, Privatarchiv Berni Haug.

S. 9, Postkarte von Deskaheh, koloriert, 1923. Offenbar verwendet zur Sammlung von Geld bei Sympathisierenden in der Schweiz. Centre Iconographique de la Bibliothèque de Genève, Aufnahme Fred Ottiger, Luzern.

S. 9, Zeitungsausschnitt Journal de Genève mit Todesmeldung von Deskaheh, 1925. Online-Archiv des Journal de Genève, bereitgestellt von Le Temps.

S. 10/11, Chief Deskaheh und die »Irokesenkommission der Schweizerischen Liga für Eingeborenenschutz« vor dem Palais d'Athénée in Genf, September 1923. Centre Iconographique de la Bibliothèque de Genève.

S. 12/13, Karte der Five Nations, in der die Tuscarora als sechste Nation erwähnt werden, angefertigt ca. 1730, Kopie aus dem Jahr 1882. Das heutige Gebiet der Six Nations umfasst 10 x 10 Quadratkilometer rund um den Ort Ohsweken, nördlich des Eriesees. Map of the Countrey of The Five Nations, Darlington Digital Library, University of Pittsburgh.

S. 14, Deskaheh in den Regalien seines Volkes. Quelle unbekannt.

Im Bilgerverlag erschienen

Jenische Reise

Willi Wottreng erzählt die jahrhundertealte Geschichte der Jenischen. Er malt in prachtvollen Episoden die Reise der bald tausendjährigen Anna von Lothringen nach Ungarn, über Antwerpen bis nach Thessaloniki und tief in die Schweizer Alpentäler hinein. Eine Hommage an die Menschen der Straße, die nie Eigentum hatten, in Armut lebten. *Jenische Reise* ist eine europäische Geschichte: Europas Geschichte von unten.

Denn sie haben daran geglaubt

Dieser kleine heimtückische Roman bekundet all jenen gegenüber Respekt, die heute als einstige Utopisten und Idealisten belächelt werden. Oder denunziert werden als Sympathisanten des Terrors. Zwei Welten, die damals in der kleinen, sich ängstlich duckenden Schweiz jene explosiven politischen Realitäten repräsentierten, die einen tiefen Riss in die Gesellschaft trieben. Hier die R.A.F. und die Brigate Rosse, dort Mao und sein Rotes Büchlein, hier die Rebellion Jugendlicher im Angesicht eines Repressionsapparates, der außer Rand und Band geraten war.

Lülü

Aufruhr in Riedwil im Tösstal, einem Tal, das in frühen Zeiten von den Kelten besiedelt sein soll. Zwei Tote in einem fremden Grab? Das ist mindestens einer zu viel, zumal von dem, der eigentlich darin liegen sollte, jede Spur fehlt. *Lülü* ist eine fein komponierte Groteske, in der Willi Wottreng von Anton Moser, dem Jenischen erzählt, der eine Theorie der akustischen Archäologie entwickelt hat und partout nicht davon ablassen will, eine Welt, die sich im Umbruch befindet, ins Reich des Phantastischen entführen zu wollen.